だってそんなの知らない

椎崎 夕

幻冬舎ルチル文庫

CONTENTS ✦目次✦

だってそんなの知らない

だってそんなの知らない……5
あとがき……284

✦カバーデザイン= chiaki-k(コガモデザイン)
✦ブックデザイン=まるか工房

イラスト・麻々原絵里依✦

だってそんなの知らない

──おまえさあ、いい加減あいつにべったりすんのやめた方がいいんじゃねえの。

晴弥《せいや》の脳裏によみがえった呆《あき》れ交じりの低い声音は、大っ嫌いな男の──義兄の親友のものだった。

1

天気予報を裏切って、急な雨が降ってきた。

手を止めて、田所《たどころ》晴弥はスケッチブックから顔を上げた。

二人暮らしにちょうどいい2LDKのマンションは、ひとりでいるとやたら静かだ。締め切った窓越しに届く雨音は土砂降りの勢いに変わって、なお激しく響いている。

「二十三時、……終電って何時だったたっけ？」

半年前から同居している義理の兄──南原正治《なんばらしょうじ》は、仕事上がりに同僚との飲み会に参加すると言っていた。先に寝ているよう晴弥に念押しして出勤する時、傘は持っていなかったはずだ。そして、最寄り駅からここまでは徒歩で十分以上かかる。

「迎えに行って、みよう、かな」

思い立ってすぐに、身支度をしてマンションを出た。アスファルトを叩《たた》く雨が膝あたりまで跳ねる中、スケッチブックを抱え傘を差して急ぐ。

駅前のファストフード店が目に入ったのと同時に、ずっと待っていた「欠片《かけら》」が思考の端に落ちてきた。慌てて店内に駆け込み飲み物を買って、晴弥は駅の南口が見える窓際の席につく。紙コップを置くのももどかしく、スケッチブックを開いた。

そのまま、つい夢中になってしまったらしい。ふと顔を上げるなり駅の軒先に立つ大柄な体躯《たいく》が目に入って、慌てて席を立った。

義兄の正治は、晴弥の欲目抜きでも目立つ体育会系の男前だ。一緒にいると周囲が見とれるのがわかるのが、晴弥にとっても自慢だった。

「ショウ、兄――」

開いた傘を手に駆け出そうとした足が止まったのは、義兄の隣に小柄な人影を見つけたせいだ。

くせのない髪を肩まで伸ばしたその女は、正治の友人だという。半年近く前の春に紹介されて以来、何度かマンションまで押しかけてきた。

（ショウくんの弟の、晴弥くん？　よろしくね、仲良くして欲しいな）

しまりのない顔で笑った彼女には、ろくでもない印象しかない。勝手にスケッチブックを見た上に頼んでもいない寸評をしてきただけでもうんざりしたのに、晴弥が留守の間に遊びに来た時には気に入りの画材を勝手に持ち出して使っていた。

（だって、百色の色鉛筆なんて初めて見たんだもん。いいなあ、あたし塗り絵が趣味なんだけどこの色鉛筆使いたいな。ちょっとだけならいいでしょ？）

即答で断ったら悄然《しょうぜん》としてみせたものの、目の色でまだ諦めていないと察しがついた。案の定、その後も二度ばかり留守中に画材を触られた痕があったのだ。初夏の頃には現場に出くわして、怒鳴りつけたらそれきり顔を見せなくなった。

正治から、名前を聞くこともなくなったからすっかり忘れていた、けれど。ずっと、ああして会っていたのか。晴弥が知らないところで、こそこそと？

逆光の中、身を屈《かが》めた正治と背伸びした女が笑い合う。長身の腕に絡んだ女の手を目にした瞬間に、かあっと頭に血が上った。

「ショウ兄っ」

歩行者用信号の青が点滅を始めたのを横目に、晴弥は横断歩道を駆け出す。声で気付いたのか、顔を上げた義兄とやや遠目にも目が合った。

いつもは優しいその目が、警戒したように尖《とが》る。晴弥の頭を何度も撫《な》でてくれた腕が傍らの女を庇《かば》うように動くのを目にして、杭で打たれたみたいに足が止まった。

「……、――」

何で、とまずそう思った。

この世の中で一番、晴弥のことを考えてくれる人だ。誰よりもちゃんと晴弥を見て、傍《そば》にいようとしてくれるはず、の。

六年半ほど前のことを、唐突に思い出す。中高一貫教育校への進学が決まった晴弥が入寮のため家を出る朝、あり得ないことに見送りに出てきた父親が、少し遅れて姿を見せた内縁の妻を露骨な仕草で背後に庇った。まるで危険人物から守ろうとするみたい、に。

たった今の正治と、ほとんど同じ表情と仕草で。

あるはずのない窓ガラスが、義兄たちと自分の間で大きくひび割れたような気がした。少しずつ、けれど確実に亀裂を広げていって、じきにばらばらと破片となって崩れていく。

……もしか、したら。あの女がマンションに来なくなったのは、晴弥に引き合わせないためだったのか。あの女こそを、晴弥から守るために？

「ショウ、兄」

誰よりも大好きで、だからずっと傍にいたかった。けれど全寮制の学校にいたのではたまの面会でしか会えなくて、だから大学は正治が暮らす町の近くを選んだ。

引っ越しの時、同居を切り出されたのに舞い上がって喜んで、けれど面倒や迷惑はかけたくなくて必死で家事を覚えた。今は、炊事を含めたほとんどの家事と、同居生活上の家計管理までを晴弥が引き受けている。

ほんの少しでもいいから役に立ちたかったし、褒めて欲しかったのだ。けれど、その努力はどうやら無駄だったらしい。

（面倒なガキだよな。泣けば思い通りになると思ってやがる）

耳元で、今ここにはいない男の声がよみがえる。対抗するようにぐっと奥歯を噛《か》んで、晴弥は「泣くな」と自分を戒める。

泣いたって無意味だ。だって、正治にとっての一番はもう晴弥ではなくなった。

(二十歳《はたち》になったら一緒に飲みに行こうな)

今朝、そう言って頭を撫でてくれた手はあの女のものになってしまった――。

じゃあ、いったいどうすればいい。必死で考えても答えは出なくて、だから晴弥は無理にも笑みを作った。今の晴弥にできることなんか、他に何もなかった。

頭の中で数をカウントしながら歩いて、あと数歩の距離で足を止める。黙ったまま、やっぱり険しい目をした義兄を見上げた。

「……これ」

言葉とともに、開いたままの傘を突きつける。怪訝《けげん》そうに瞬《しばた》いた正治の、足元に置いた勢いで言った。

「おれ、今夜友達のとこでレポートあって帰らないから。あと、これも返しとく」

「晴弥、っ⁉」

持っていたキーホルダーを傘の陰に投げつけるなり、踵《きびす》を返して駆け出した。雨の音はなお強くなって、背後の声は呆気《あっけ》なくかき消える。

どっちに、だとか、どこに、という考えは欠片もなかった。ただ足の向く方角に、やみくもに走った。

濡れた前髪が額に張り付き、上着の中に着ていたカットソーまでびしょ濡れになる。それにも構わず走って走って、「あ」と思った時には躓《つまず》いて歩道の水たまりに突っ込んでいた。

塗り込めるような雨の中、アスファルトに跳ねた滴が頬に当たる。独特のその臭いのせいだけでなく、喉の奥が苦い。

忙《せわ》しない呼吸音を聞きながら、のろりと身を起こして振り返る。雨と夜に塗りつぶされた歩道の先に、追ってくる人の声も気配もない。

——追いかけて、きてくれない……。

「う、ぇ……っ」

喉の奥で、何かがひしゃげたような声がした。こみ上げてくるものを無理やり飲み込んだせいか、どうしようもなく喉が鳴る。擦りむいた膝や肘が、ヒリつくような熱を帯びていた。

「——で？　いつまでそうやってる気だ？」

耳に入った低い声に、晴弥はのろりと顔を上げる。濡れたアスファルトの先、街灯の明かりが辛うじて残るあたりに傘を差した人影を認めて、少しだけ頭がクリアになった。

「本っ当、面倒で厄介なガキだよなあ……ショウのヤツ、だから甘やかすなと言ったろうに」

それが誰かは声だけでわかる。正治の幼なじみで親友で、晴弥にとっては天敵の——浅見《あさみ》、だ。

厭《いや》なことを言う。というより、この男は晴弥に厭なことしか言わない。正治にはよく笑ってみせるくせ、晴弥には無表情と呆れと厭味しか向けてこない。

嫌われているのは今さらだし、こっちも大嫌いだからお互い様だ。けれど、どうしてそんなヤツがここにいるのか。そう思った時、大股に近づいてきた男——浅見に腕を摑《つか》まれた。

「はな、せよ。おれ、は友達、のとこに」

「その友達とやらの名前は？　どこで知り合ってどこで住んでるのか言ってみな。本当にいるんだったら言えるよなあ？」

「……、——っ」

鼻で笑う気配に、晴弥は目の前で中腰になった浅見を見上げる。

正治と同い年のこの男は、彼とは別の意味で目を惹《ひ》くタイプだ。平均を軽く超える長身は一見細身なのにしなやかで、間違っても貧相とは呼べない。染めたことのなさそうな真っ黒い髪には緩くくせがあって、絶妙な角度で額にかかっている。文句なしに整った顔立ちの中、切れ長の目が強く印象に残った。

義兄が正統派ハンサムだとすれば、この男は作りだけ端整な悪役だ。晴弥に向けられた表情は呆れを含んで刺すように冷たい。

「おまえ、絵を描くこととショウのこと以外は本気でどうでもいいと思ってるよなあ」

「そ、んなの、あんたには関係、な」

「残念ながら、こっちにはこっちの事情があるんでね。――ほら、いい加減立てってって。いつまでそうやってる気だよ」

引かれた肘を振り払った晴弥を見下ろして、浅見は面倒そうなため息をつく。

「ショウを待ってても無駄だぞ。この天気で傘ナシなら彼女をホテルに送るくらいするだろうし、だったらそのまま朝帰りコースだろ」

「な、……で、そん――あんた、が知っ……」

「あの二人を車で送ったのは俺だ。だからって、別の場所に下ろすのは野暮《やぼ》ってもんだろ」

意地悪く続いた台詞《せりふ》に、浮かしていたはずの腰がすとんと落ちた。そのタイミングで引き起こされ、引っ張るように歩かされる。ぱらぱらと起きた音で傘を差しかけられているのを知って今さら無駄なのにと思った時、路肩でハザードランプを点滅させる車が目に入った。

「あれ、……あの黒い車、あんた、の……?」

「覚えてたのか。だったらおとなしく乗れるな?」

「で、も、車が濡れる、し。今まで乗ったこと、な――」

「そのなりだとタクシーは乗車拒否されるだろ。諦めな」

声とともに助手席のドアの中に押し込まれ、シートベルトまで嵌《は》められた。

運転席に乗り込んだ浅見が、車を出す。ひっきりなしに落ちる雨をワイパーが薙《な》ぎ払うのを目にして、ようやく思考が戻ってきた。

「何、企《たくら》んでんの。あんたが親切だと気味悪い、んだけど」

「あの状態で放置できるとでも？　マンションまで送ってやるからとっとと風呂に入って寝ちまえ」

うんざり声で言われて、固まっていた思考に罅《ひび》が入った。

「……いい。適当、なとこで、下ろして」

「はあ？　何言ってんだ、今何時だと思ってやがる」

「帰ら、ない。……帰れ、ない。おれ、邪魔にされた、し。あのマンションはもう、おれんちじゃない」

だって、拒否された。切り捨てられた。数時間前まではいたはずのあの場所は、もう晴弥の揺り籠ではなくなった。

「自業自得だ。おまえ、この半年でどれだけ恩を仇《あだ》で返したよ。そもそもショウにはおまえの面倒を見なきゃならない義理はないんだと何度も言ったろうが」

「そん、……」

反駁《はんばく》しかけて、今さらにその通りだと思い知る。

正治と晴弥に血縁関係はなく、戸籍上も赤の他人だ。離婚した晴弥の父親と、夫と死別した正治の母親が一緒に暮らし始めたのが十四年前で、けれど未《いま》だに籍を入れていない。だから晴弥の名字は「田所」で、正治は「南原」を名乗っている。

……だったら好きになってもいいはずだと思ったのだ。呼び名だけの「兄」なら、恋人にだってなれるんじゃないかと考えた。

「ついでに言っておくが、後から割り込んだのはおまえの方だぞ」

「――、……」

「ショウにだってつきあいもあれば気晴らしも要る。なのに、おまえが押しかけてからというもの会社の飲み会もろくに出ないわ、俺が誘っても毎回断られるわ……あげくの果てに、プロポーズ直前までこぎつけた彼女と会う時間までなくなったらしいな。それも全部、おまえが我《わ》が儘《まま》言ったり彼女をいびったりしたからだろうが」

滔《とう》々《とう》と言われた内容には心当たりがありすぎて、けれど晴弥はぐっと奥歯を噛む。

「ど、こにも行くな、とか言ってない、し。いびったり、してない。あの女、が我が物顔で人んちに来る、から」

「彼女にとって、あのマンションは先々自分と暮らすために彼氏が確保した部屋だ。だからあの時、同居だけはよせと言ったろうにショウの馬鹿が。――で？　おまえ、ショウが帰るまで食事もせず、延々起きて待ってるんだって？」

「……、――」

「飲み会で遅くなるから先に寝てろと言ってもリビングか、下手《へた》すりゃ玄関先で座り込んで待ってる。休日はべったり一緒にいたがって、置いて行かれようものならべそをかいて引き留める。結局そのまま出かけて戻ると、同じ場所で蹲《うずくま》って待ってる。……そういうおまえを知ってて、あいつが好き勝手できるとでも？」

容赦ない言葉を口にする浅見は前を向いたまま、ちらとも晴弥を見ない。

「ショウのことだ、おまえも彼女も大事だからって比較する気もないんだろう。そのおまえに彼女を罵倒《ばとう》されたら、彼女を庇って当然だ。いい加減、恋人同士の間を邪魔してるって自覚しろ」

それを言うために、親切にしてくれたわけだ。すとんと納得して、けれど今さら噛みつく気力はなかった。

「知って、るよ。だ、からもう帰らないって――ショウ兄も好きにすればいいって言っ……」

「それで？　いったいどこに行く気だ」

「ど、こでもいいから、どっかで下ろして。おれ、あそこには帰れない。帰らない、から」

必死で堪《こら》えていたはずの何かが身体《からだ》の奥から溢《あふ》れ出そうで、晴弥はぐっと奥歯を噛む。こぼれそうになった声を、辛うじて飲み込んだ。

2

初めて正治に会った時、晴弥はまだ幼稚園に通っていた。

記憶にあるのは、がらんと人影がない教室のすみで夢中で画用紙にクレヨンを走らせている自分自身だ。そこに、唐突な声がかかった。

（せいやって、おまえ？）

反応できず、何度か瞬いた。その後でようやく、目の前に座り込んだ見知らぬ少年が興味津々に画用紙を覗《のぞ》き込んでいるのを知ったのだ。

（これ、おまえがかいたのか。すげえなあ！）

きょとんとしたままの晴弥を気にする素振りもなく、彼は尊敬の眼差《まなざ》しで晴弥を見た。思いついたように伸ばした手で、「えらいえらい」と繰り返し頭を撫でてくれた……。

その少年がこれから「家族」になるのだと知らされたのは、その日だったか後日だったか。

その時の晴弥にはよく意味がわからなかったけれど、その少年が言い放った言葉だけははっきり覚えている。

（手がかかるヤツだよなあ。しょうがない、おれがずっといっしょにいてやるよ）

当時、いつでもどこでも「ひとり」だった晴弥にとって、それはこの上ない福音だった。

とはいえ、現実に「一緒に」いられたのは幼稚園から中学入学直前までの六年余りだけだ。

大好きな義兄のいない季節はひどく虚《うつ》ろで、色褪《いろあ》せて感じられた——。

■　■

やけに温かくて、目が覚めた。

ぼうっと瞬いた晴弥の髪を、誰かの手が柔らかく梳《す》く。心地よさに、辛うじて上がっていたはずの瞼《まぶた》がゆるりと落ちた。弾力のあるぬくもりにぐりぐりと顔を押しつけると、ふわりとシトラス系の香りがする。

悪い夢を、見ていたのだ。全部が嘘《うそ》で、だから晴弥は今まで通りあのマンションにいられるはず、で。

「……猫か」

ぽそりと落ちてきた低い声に、瞬間思考が固まる。二秒後、それが「誰」かを悟って飛び起きた。近すぎる距離に予想通りの顔を認めて、晴弥は全身で後じさる。

「なるほど。毛を逆立ててるわけだ」

数センチの距離に寝そべっていた浅見の、いつもは整えられている髪が今はあちこちに跳ねている。半分閉じた瞼の下からこちらを見つめる表情にぞっとするような色気を感じて、ベッドについていた手が無意識に下がった。直後、その手が空を切って身体が大きく傾く。

絶望的な浮遊感に、「落ちる」と覚悟した。

「――、っ……」

ぎゅっと目を閉じたのと、腕を掴まれ強い力で引き戻されたのがほぼ同時だった。はずみで前のめりになった顔が何かにぶつかったかと思うと、長い腕に腰ごと抱き込まれる。

「案外どころじゃなく粗忽《そこつ》だよな、おまえ」

「……っ！」

呆れ声を、肌越しに聞いて思い知る。今、晴弥を抱き込んでいるのは浅見だ。顔を埋めている分厚い胸も彼のもので、連鎖したように昨夜の経緯を思い出した。

（そこで泣くか。本当に面倒だよなあ）

助手席でぐずぐずになった晴弥に呆れ声で言った浅見は、それきり黙って車を走らせた。

九月初めとはいえ、夜に全身濡れ鼠《ねずみ》は寒い。だから車から下ろされた時点で反抗する気力はなくて、それをいいことに濡れた髪を拭われ着替えさせられた。最後にはほとんど抱っこ状態で、同じベッドに入れられた――。

「なん、で？」

ぽそりと落ちた声は、自分の耳にもくぐもって細く聞こえた。

「あ？　何でって、何が」

「だ、って」

だってこの男は晴弥のことが嫌いだ。うんざり顔で邪魔だと言われたことは何度もあったし、ここ何年かは面倒で厄介で扱いに困るとわざわざ目の前でため息までついてみせた。

それなのに。

「……だから、おまえもな」

ため息交じりの言葉を、電子音が遮った。小さく跳ねた晴弥の背中を撫でたかと思うと、まだ端にいたのをベッドの真ん中に引き戻す。そのままベッドから降りて行ってしまった。

壁際に立った長身がスマートフォンを耳に当てるのを見届けて、晴弥は何となく自分の肘に手を当てる。

昨夜もそうだったけれど、正治以外の誰かにあんなふうに触られたのは初めてだ。それが浅見だったことにも、起き抜けからの浅見の常にない穏やかさにも戸惑った。

俯《うつむ》いた目に映るやたら広いベッドは、たぶんダブルというやつだ。閉じたままのカーテンには窓枠の影がうっすら見えているものの、日差しの気配はない。どうやらまだ、雨が降っているらしい。他に目につくのはベッドサイドテーブルとフロアライトと、窓際にある観葉植物だけだ。雑誌か何かに載っていそうな空間で、その分生活感がなく隙《すき》もない。

ホテルだろうかと思った後で、いや違うと思い直す。それにしては全体の色彩や家具のイメージが、あまりにも浅見そのものだ。

……もしかして、浅見はそういう仕事でもしているんだろうか。するっと思った後で、浅見の仕事を聞いた覚えがないのに思い当たった。

「……はいはい、わかってますよ。ちゃんと帰すから心配ないって」

声に目を向けると、スマートフォンを耳に当てた浅見が前髪をかき上げるところだった。

無造作な仕草にはどこか艶があって、一枚の絵を連想させる。先ほどまでとは別人のように柔らかい表情は、正治相手の時に見せるものだ。

何となく見ていたくなくて、晴弥はふいと顔を背けた。

昔から、浅見はあの義兄にだけやたら甘い。昨夜晴弥の世話をした理由も「正治が気にするから」だと、今さらに納得した。

「おい、おまえスマホ……って、ああそうか、昨夜」

「え、は、……あれ？」

唐突な問いに晴弥が返事をする前に、浅見は大股に部屋を出ていった。

座っていたベッドが急によそよそしくなった気がして、晴弥はフローリングの床に足をつける。その時になって、自分が見覚えのないシャツを着ているのを知った。

「何コレでっか……ああそっか、浅見のを借りたんだった。えっと、あとはスマホと財布と、……スケッチブックはどうしたっけ？」

肩からずり落ちそうになるシャツを引き上げながら、下着とそれしか身につけていないことにため息が出た。

落ち着きなく周囲を見回しているところに、浅見が戻ってくる。「ほら」の声とともに飛んできてベッドに落ちたのは、まさに晴弥の財布とスマートフォンだ。

「ノーコン……」

「どう投げたっておまえ、受け取り損ねるだろ」

即答するこの男は、正治と晴弥の初対面の時も同席していたと聞いている。全然記憶にない晴弥にはどうでもいいことだけれど、寮生活での面会にも毎回義兄にくっついてきたのには閉口した。金魚のアレかと本人に言って、返り討ちにあったこともある。

仲は悪いがつきあいは長い。おまけに向こうが六歳年上だ。要するに、とてもつまり忌々《いまいま》しいことに晴弥の得手不得手も忘れたい記憶も、ほぼ筒抜けになっている。

「着信、とんでもねえぞ。たぶんあいつ、ろくに寝てねえな」

意味深な言葉にげっそりしながら画面をタッチすると、あり得ない数の着信数が表示される。ずらりと並ぶ義兄の名前に唖然《あぜん》としながらスクロールしていると、中ほどにあり得ない名前が紛れていた。

「とりあえず、着替えて朝食ってとこか。その後でマンションまで送ってやるよ」

「いらない。おれ、帰らないって言ったよね」

「は？　おまえ、この期に及んでまだ我が儘――」

「ここ、あんたん家、でいいんだ？」

スマートフォンから顔を上げるなり、ベッド横まで来ていた浅見と目が合った。微妙な顔で肯定されて、晴弥は「やっぱり」と思う。

「着替え貸してくれてありがとう、おれの服ってどこにある？　あと昨夜おれ、スケッチブック持ってなかった？　……それから昨夜は面倒かけてごめんなさい。もう二度と我が儘言わないし、邪魔もしない、から」

「おい……？」

「だから、——あんたももう、おれのことは気にしなくていい」

目を剝《む》いた浅見の様子に、何となく笑えてきた。

正治にすら、犬猿の仲だと言われていた間柄だ。まともに謝ったのも素直に返事をしたのも、おそらく今日が初めてになる。

「自分でおとなしく帰る気になった、ようには見えないが？」

「帰るよ。マンションじゃなくてアパートの方に、だけど」

「アパートって、あそこはアトリエだろ」

二呼吸分溜《た》めて返答する浅見は、わかりやすく顔を顰《しか》めている。悪役顔なのにそれは怖いぞと内心で突っ込んでいると、いつになく静かに言った。

「日中に通ってるのは知ってるが、そもそも泊まれる場所じゃないだろ。布団から何からマンションに移したくせに、どうする気だ」

「布団は買う。炊事掃除洗濯は自分でできる。ショウ兄んちの家事も全部おれがやってたし」

「それはショウがいたからだろ」

「……？　ショウ兄には無理強いしてないよ？」

つい首を傾げたら、浅見はやたら長いため息をついた。

「そりゃそうだ。あの家事音痴がアテになるわけがない。何しろ、食洗機は出し入れのたびに皿を割る、掃除機を使えばあちこちぶつけて壁に穴を開けるって有様だしな」

「その言い方、ひどいからやめて」

「ひどいも何も、おまえが初めて行った時なんか足の踏み場もなかったろうが。キッチンは未使用だったしな」

「そ、れはそう、だったけど」

「そうは言っても、ショウはいい大人だ。てめえで何とかするだろうからいい。問題はおまえだ。——ひとりになったら絶対、家事なんかやらないだろうが」

「ショウ兄んちでだけじゃなく、寮でもそこそこちゃんとしてたってば。この半年で料理も覚えたし、買い物のコツもわかったし。家計管理だって、六月からはおれがやってたんだよ」

「……マジか」

ありえないと言いたげな反応を受け流して、晴弥は続ける。

「あと、マンションに行くのは物理的に無理。昨夜ショウ兄に合い鍵返したから」

「は？　何だそれ、初耳だぞ」

「思い切り投げつけたけど、ショウ兄もちゃんと見てたし。拾ったと思う」

「投げつけたっておまえね……」

狂喜乱舞するとばかり思ったのに、浅見は手で顔を覆った。それが不思議で眺めていたら、指の隙間からこちらを見た浅見と目が合う。

「どっちにしろ、まずショウに連絡しろ。電話が無理ならメールでもSNSでもいい。あいつかなり心配してるぞ」

「でもおれ、邪魔なんだよね。昨夜なんか露骨に危険人物扱いだったし」

「あー……それはだな」

「もう、どうでもいい。おれはもう二度とショウ兄には会わないし、連絡もしない」

言うなり、手の中のスマートフォンを投げつけた。ぎょっとした様子の浅見が、そのくせ余裕で受け取ったのを見届けて言う。

「ショウ兄からの電話もメールも拒否したし、SNSはアプリごと消した。どうせ使わないし電話ごと解約してもいいかも」

「解約は待て……って、マジか」

手早くスマートフォンを操作した浅見が呻《うめ》くのを、他人事《ひとごと》みたいに眺めて言った。

「ちょうどよかったっぽいよ。ショウ兄からのに紛れて父親からもメール来てた」

「それなら解約は論外じゃねえのか」

「そうでもない。たぶん、これきり来ないと思う。いい加減、ショウ兄につきまとって迷惑かけるのやめろって内容だったし」

神妙な顔で黙った浅見を見上げて、晴弥は意識して笑顔を作った。

「びっくりした。あの人、おれの連絡先知ってたんだね」


結局、浅見は晴弥をアパートまで送ってくれた。それだけでもあり得ないのに、わざわざ買い物荷物を持ってドアの前までついて来た。

「何かあったら連絡しろよ。それと、ちゃんと食って、ちゃんと寝ろ」

らしくもない気遣いも、やっぱり「正治が気にするから」だ。ご苦労さまだと感心しながら、晴弥は三階の自室前の廊下で長身の背中を見送った。

外は昨夜の続きみたいな雨だ。勢いは弱まったもののだらだらと続いて、止《や》む気配がない。

「天変地異的に、いきなり晴れたりしない、かな」

玄関の施錠を外しながら、「もういらないか」とキーホルダーを見て思う。半年前、鍵だけを持ち歩いていた晴弥に気付いた正治がつけてくれたものだ。「無くすと困るだろ」という言葉と一緒に、ずっと宝物みたいに大事にしていた。

背中でドアを閉じながら、鍵から外したキーホルダーを目についたゴミ箱に放り込む。目に入る空間は、家具らしい家具がなくがらんと広い。

本来なら春から晴弥が独り暮らしするはずだった、学生向けワンルームだ。ただし一度も寝泊まりすることなく、アトリエとして扱うようになった。

殺風景な調理台に荷物を下ろしながら、晴弥はふとこの部屋を手配してくれた人——小学校卒業と同時に、晴弥の絵の後援者に名乗りを上げてくれた相手を思い出す。

「居場所が変わった、のは、連絡した方がいい、んだっけ……?」

晴弥の進路に無関心だった実父は進学の手続きや準備も完全放置で、だからその人が引っ越しを含めた全部を引き受けてくれた。この部屋を確保し諸々の支度をしてくれて、なのに晴弥は正治に誘われるままあちらのマンションでの同居生活に入ってしまったわけだが。

「あれって不確定要素……じゃなくて成り行き? ああ、それが我が儘ってことか」

部屋のど真ん中に置かれたイーゼルの上の絵は、まだ途中だ。ここ数週間どうにもハマらなくて、筆を持つより睨《にら》み合っている時間の方が長い。

こういう時は焦っても無意味で、ひたすら「何か」が落ちてくるのを待つしかない。それがまさに昨夜、やってきたのだけれども。

「スケッチブック、浅見も見てないって言う、し。あの雨だともう駄目だよね……いい色、出てたのもあったんだけどなあ。あー、そういえば色鉛筆もあっちだった」

初めてここに来た時は、正治と浅見も一緒だった。その日から寝泊まりできるよう家具も日用品も、ロフトには布団まで準備してあって、部屋の真ん中にはアトリエスペースも作ってあった。キッチンには調理器具まで一式揃《そろ》っていた、のに。

（ずっと寮にいたのにいきなり独り暮らしはきついだろ。慣れるまでうちに来ないか？）

思いついたような義兄の提案に、速攻で頷《うなず》いていた。渋い顔をした浅見を制止し当座必要なものを抱えて義兄のマンションに出向いて、散らかり放題の部屋を目にして安堵《あんど》した。

掃除する人がいないとわかったからだ。だから、背後の会話の意味を深く考えなかった。

（おまえ、この惨状でうちに来いとか言うか？）

（ここしばらく予定が合わないんだって。その、ごめん、今この状態だったのを忘れてた）

たぶん、あの時点で正治はあの女とつきあっていたのだろう。それを、どういう理由でか晴弥には「友人」として紹介した。

違和感がなかったとは言わないけれど、それより義兄との同居生活が嬉《うれ》しかったのだ。大学で初めての夏休みを迎えても同居解消の話はなく、だからこそ強気でいられた。

（いい加減、正治くんに迷惑をかけるのはやめろ。あの子はおまえの兄じゃないと、何度言えばわかる？）

昨夜届いていたメール本文と同じ台詞は、正治と同居していた六年余りの間に幾度となく実父から言われていたものだ。

晴弥の実父と正治の母親は、晴弥が全寮制の学校に入った二か月後に渡米したという。もっとも行きっ放しではなく、何度かは帰国しているらしい。

もっとも、晴弥がそれと知ったのは軽く半年以上経《た》ってからのことだ。寮に面会に来てくれた正治から聞いただけで、晴弥自身には何の連絡もない。だから晴弥はあちらの住所も、電話番号も知らない。

その実父が、今になってメールを寄越してきた理由、は――。

「ショウ兄も、おれが邪魔ならはっきりそう言やいいじゃん。わざわざアメリカから注意させるとか、しなくてもさ」

ため息交じりにつぶやいて、晴弥は目の前の光景に瞬く。半透明のビニール袋三つにぱんぱんに詰め込まれているのは、途中のスーパーで浅見が買い込んだ出来合いの惣菜《そうざい》にカップ麺にインスタント麺、菓子にパンに飲み物といった食品類だ。

ありがだいとは思うが、これだけの量をひとりでどうしろと言うのか。それより昨夜のスケッチブックが惜しいと、心の底からそう思った。

「もういっかいつかまる、かな……」

昨夜のイメージをもう一度追いかけて、辛うじて意識の先に引っかかったそれを手繰《たぐ》り寄せる。急ぎ足でイーゼルの前に戻って床のスケッチブックを拾い上げると、後は手に取った鉛筆を走らせるだけになった。

3

最初はスマートフォンの電子音が耳に障ったから、音を消した。二分後にはバイブレーションを消して上着でぐる巻きにし、ボストンバッグに突っ込んでクローゼットに放り込んだ。なのに、時々何かがひどく神経に障った。辿《たど》った気配の先はやっぱりボストンバッグで、そのたび心底うんざりした。

何度目かの夜明けに電源を落とせばいいと気がついて、速攻で行動した。それからは何の邪魔もなくひたすら目の前のキャンバスに集中して、どのくらい経った頃だろうか。松葉色を乗せた筆が絵に届く前に、ふっと全身から力が抜けた。あれ、と思った時にはもう、晴弥は床にへたり込んでいる。

貧血かな、と思ったタイミングで、唐突にインターホンが鳴った。

「またか」とうんざりした後で思い出す。そういえばここ何日か、たびたびこの音を聞いたような気がした。

もう一度、インターホンが鳴る。面倒で無視を決め込んだ時、今度はドアを叩く金属質な音がした。

「晴弥。いるんだろう？」

ドア越しの声はくぐもっていたのに、それが誰だかすぐにわかった。

ため息をついて、晴弥はのろりと顔を上げる。視線の先にある絵は完成にはまだほど遠い。

「晴弥、無事か？　ここを開けてくれないか」

がん、と聞こえた音に続く正治の声は、先ほどよりもワントーン低い。顔を顰める間に三度ドアを叩かれて、仕方なしに腰を上げた。壁を伝って進むと、玄関ドアの前に立って言う。

「何の用？」

「晴弥？　よかった、無事だったたか。何度電話しても出ないし、昨日も一昨日《おととい》もその前も来たのに反応がないから」

「……荷物なら、着払いで送っていいんだけど」

「は？　ああ、荷物——悪い、そこまで頭が回ってなくて」

「じゃあもういらないから全部捨てていいよ。業者に頼んで支払いだけこっちに回して」

百色の色鉛筆やパステルといった、気に入りの画材が脳裏をよぎる。けれど、それより今は正治の声の、以前は大好きだった響きがやけに神経に障った。

「布団から着替えから大学の教科書まであるのに、いらないってことはないだろ。まあ、布団は買ったんだろうけど」

「話はそんだけ？　だったら帰ってくれないかな」

「——晴弥、ドアを開けてくれないか。ちゃんと顔を見て話がしたい」

「おれはしたくない、てか、絶対しない。だってショウ兄、おれのこと捨てたじゃん」

ずっと事務的だった声が、瞬間的に尖った。それが伝わったのだろう、ドアの向こうにいる正治が押し黙る。

「もう二度と、ショウ兄のマンションには行かない。……ショウ兄は、おれのことなんか忘れてあの女と一緒にいればいい」

「ちょっと待て。だから、この前のこともちゃんと話そうと思って」

「何を話すわけ。そもそもおれとショウ兄は赤の他人で、ショウ兄がおれの面倒を見なきゃならない理由はないんだよね。……って、ああ」

するっと口にした後で、ようやく思い当たる。赤の他人で面倒で迷惑な相手に「兄」と呼ばれるなんて、きっとたまったものじゃないはずだ。

「正治さん、には何の関係もないことですから、帰ってもらえませんか。わざわざ気にかけていただく必要もありませんので」

「……っ、晴弥待て、それはっ」

「そこで大声出されると近所迷惑なんですけど……って、苦情を誘ってここから追い出す気なら、もっと大袈裟《おおげさ》に騒がないと無意味ですよ。もっとも、そうなったとしてもおれに決定権はないですけど」

本気で邪魔なら先日のように実父に言えと伝えるべきか。悩んだ時、ドアの向こうの気配が離れていくのがわかった。階段を降りる音に続いて、やがて車が出ていくのが聞こえた。

ほっとして、その場に座り込んでいた。はずみでぶつけた頭を押さえながら、晴弥はドアに背を預けて座り直す。

「ああ、ここインターホンあったんだ……って、あれ」

ドア横にくっついていた受話器を見ながら、そろりと身を起こす。けれど今度は力が入らず、同じ場所にへたり込む羽目になった。

「そういえば、しばらく食べてなかった、かも」

ずりずり這《は》ってキッチンに移動し、床に座ったまま調理台の上を探る。最初に手に取ったのは晴弥が好きな菓子パンで、さっそくとばかり齧《かじ》ると少し力が戻ってきた。紙パックのお茶をストローで吸い上げながら、晴弥はイーゼルの前に引き返す。食べ終えたパンの袋を床に落とす寸前に、賞味期限が目に入った。

そういえば、今は何日だろう。

ふと脳裏をよぎった疑問は、けれど次の瞬間にはすべて意識から消えていた。

■　■

いつのまにか、床に丸まって寝ていたらしい。

やけに近くで響く物音に、晴弥はふと目を覚ました。そのタイミングで、いきなり肩を掴まれ背中から引き起こされる。

「おい、無事か。生きてるんだろうな⁉」

切迫した声とともに頬を叩かれて、晴弥はぽかんと瞬く。そんな声も狼狽《うろた》えた顔も見たのは初めてで、だから相手が浅見だとすぐには気付けなかった。

「……何で、あんたがここにいんの」

自分の声の、ひどい擦《かす》れ具合に驚く。そんな晴弥を抱き起こした格好で、浅見はぴたぴたと額や頬に手を当ててきた。

「何でも何も、おまえね……連絡しろと、俺はあれだけ言ったはずだが？」

「れんらく」

って、何のために。

口に出さなかったはずの声を聞いたように、浅見の目が険しくなる。逃げるように、晴弥は言葉を継いだ。

「だっておれ、中から鍵かけてたはず、……ショウ兄にも、合鍵とか渡してない、し」

「ショウなら一緒には来てないぞ。おまえ、今はその方がいいんだろ」

頷いたとたん、渋い顔ででこピンされた。予想外の痛みに涙目になった晴弥に、浅見はさらりと言う。

「ここの借り主はうちの親だ」

「知ってる、けど。……もしかしてここの保証人も、浅見のおじさんだったりする……？」

晴弥の絵の後援者が、実は浅見の父親なのだ。「趣味だから」の一言で当時小学生だった晴弥に話を持ちかけた彼は、それなりに名の知れた不動産会社の社長でもある。

浅見が無言で肩を竦《すく》めるのは、つまり肯定のサインだ。さすがに呆れてため息が出た。

「それ、最低なんだけど。後援の話が来た時、さんざん馬鹿にしたくせにさ」

今でもよく覚えているが、当時実父は「ガキの遊びに後援とか正気ですか」と鼻で嗤《わら》ったのだ。なのに丸投げするとは、ろくでなし以外の何者でもない。

「押しつけられたところで素直に受け入れる人じゃねえよ。ここの準備なんか大喜びで、手伝い無用の勢いでやってたしな」

「それはありがたいけど、……一応確認するけどここの家賃とかちゃんと入ってる？　もし踏み倒してるんだったらおれが出すから言って」

「おまえねえ……今の状況で気にするのがそこかよ」

疲れたような声とともに、浅見が晴弥の肩に突っ伏す。

すぐ傍でさらりと動いた髪に、つい手を伸ばしていた。くせがあるのに引っかかりがないという奇妙さについ夢中になっていると、肩の上の重みがもぞりと動く。

「本気で猫かよ。おまえ相変わらずってか、どうしてこうズレてんだか……そんで？　いつからここ、この状況だよ？」

「いつ、から」

瞬く目に入るのは、完成に見えてまだ何か足りないキャンバスの中の風景ばかりだ。

「一応、食うものは食ったのか……いや待て、これだとパンと茶しか手をつけてねえんじゃないのか」

「………？」

言われて見下ろした床に菓子パンの袋を見つけて、思い出す。

あの甘いパンは、いつなくなったんだったか。首を傾《かし》げた時、急に腹の虫が鳴った。

「おいコラ。おまえ、最後にいつ、何を食った？」

「……？　パン、とオレンジジュース。ショウ兄が来て、帰って……そのあと？」

「ショウなら今日も昨日も一昨日も、その前にも来たはずだが？」

「知らない。最後に話してから、何回か窓が暗くなったけど……そういえば、インターホンは鳴ってた、かも」

「だから、正確にそれはいつだって訊《き》いてんの」

うんざり気味の声音を聞いたのと同時に、いきなりの浮遊感に襲われた。ぎょっとして目の前の肩にしがみついた後で浅見に抱え上げられたのを知って、晴弥は啞然とする。――何でそうなる、というのともうひとつ。

「え、うそ。おれ、もう十九……」

「まだ十八の間違いだろ。おまけに身長も体重も平均以下」

邪険に言い捨てるくせ、晴弥を抱える腕には揺るぎがない。意外さよりも常にない視界の高さが新鮮で、晴弥は瞠目《どうもく》した。

「そんで？　この状況に対する言い訳は」

「いいわけ」

目顔で示されるまま視線を向けて、晴弥はきょとんと瞬く。目に入った調理台の上には、手つかずの食料品が山盛りになっていた。

「え、何これ」

「俺が、この間持たせてやった食い物だと思うが？」

「いや、だって。もう、なくなったとばっかり、思っ——……えと、その、立てなかったから床に座ったままで、手が届くとこにあるのを食べてた、から」

「——……立てなかった？」

一気に冷えた空気に思わず自分の口に手で蓋《ふた》をすると、ワントーン低い声が言う。

「ついでだ。おまえ、いったいどこで寝てた？」

「どこって適当に、そのへんで」

「俺の目にはフローリングしか見えないが？　ロフトにもベッド枠しかないよな。ここに送った時に着ていた上着は。布団はどうした？」

「捨てた、と思う。……たぶん？　着払いも面倒だし、マンションにあるものは捨てていいって言った、から」

「誰に」の部分が抜けた言い訳に、浅見は顔を顰めている。

「なのに新しい布団は買ってねえと。で？　ショウは何て言ってた」

「もうおれとは関係ない他人だから来るなって言ったら黙って帰った、のにまた来てたんだ？　おれが邪魔でどっか遠くにやりたいんだったらアメリカに連絡した方が早いのに……って、そっか。あんたに言った方がもっと早いんだっけ」

腑《ふ》に落ちて、晴弥は改めて浅見を見た。

「引っ越し先が決まったんで荷物まとめに来た？　すぐ退去しないとまずいんだ？　だったら下ろしてよ、おれ自分でやるし」

「いや、だから待てって……おまえも何でそう極端から極端に走るかねえ……」

盛大なため息をつく浅見は困り顔で、ついもの珍しく眺めてしまった。と、いきなり顔を上げてこちらを見る。

「晴弥」

不意打ちで名前を呼ばれて、驚きすぎて呼吸を忘れた。

「何だその顔。そんで、その口」

「うあ」

思わず手で押さえてから、気付く。知らないうちに、ぱかっと口を開けていたらしい。さぞかし馬鹿に見えたに違いない。

「あんたがおれの名前呼ぶの、初めて聞いた」

「んなわけあるか。おまえが忘れてるだけだ」

不機嫌顔で、またしてもでコピンされる。さっきより痛みが三割増しなのは絶対にわざとだ。おかげで本当に涙が出た。

「で？　ろくに食ってないくせに、律儀に風呂だけは入ってるのは」

「汚れたまま寝たら父親が煩《うるさ》かったし。あと気持ち悪い、から」

「あの絵はまだ仕上がってないんだな？　で、ここから移動もしたくない、と」

「でも、引っ越しは仕方ないし」

言わなかったことをさらっと指摘されて、どうしてそれがわかったのかと不思議に思う。もう一度浅見がため息をつくのが、耳だけでなく彼の胸に押しつける格好になった腕からも伝わってきた。

「場所に関しては諦めろ。このままおまえをここに置いておくのはナシだ」

厭味や牽制《けんせい》はいつものことだが、命令じみたことを言われたのは初めてだ。まだぼんやりした頭で「何で」と思い、すぐに理由に気がついた。

「そっかあ。正治サン、おれが近くにいるのがそんなに厭だったんだー……」

口にしたとたん、硬い指先で頬を突かれた。痛みに顔を顰めて目をやると、浅見は微妙な顔をしている。

「どうしてそうなる。ついでにそのショウジサン、てのは？」

「まだ馴《な》れ馴《な》れしい？　だったら南原さんて呼んだ方がいいかな。アメリカにいる方の人とはまず会うこともないだろうし、その方がわかりやすい？」

「そうじゃなくて、だな……おまえそれ、ショウ本人に言った？」

やけに慎重な問いに、晴弥はきょとんとする。

「うん言った。だって、他人に兄貴呼ばわりされるの迷惑だよね」

「ああなるほど。あいつがヘタレるわけだ」

「へたれ……？」

背後で聞こえた物音に目をやると、晴弥を抱えたままの浅見が食料品を仕分けていた。駄目になってしまったらしい弁当類と、カップ麺や菓子類をそれぞれまとめた袋はどちらも大きくて、ひどく申し訳ない気分になる。

「えっと、おれがやる、から。下ろしてくれない、かな」

「却下。それよりスマホはどこやった？　ここ何日か、全然繋《つな》がりもしねえと聞いたが」

「……すまほ？」

繰り返して、晴弥は眉根を寄せる。

「音が邪魔で、落ち着かなくて……もういらないから、解約、しようと思って」

「適当にどっかに投げた、と。ロフトの上かクローゼットの中、ってとこだな」

「あんた実はどっかで見てたとか言う？」

「見てたらここまで放置しねえよ。ったくショウのヤツ」

途中で浅見の声音が尖ったのを知って、晴弥は口を閉じることにする。

いつも正治に甘い浅見が、晴弥が絡んだとたんに小言だらけになるのはいつものことだ。

とはいえ、それを今の晴弥に言われてもどうしようもないのだが。

思いながら、ふと頬に当たる体温に気付く。何で、と思った時には瞼が半分落ちかかっていて、自分が浅見の肩に顔を乗せているのを知った。

「いいから寝ちまえ。着いたら起こしてやるよ」

「う、ん……」

着くってどこに、という問いが、あやすように揺すり上げられて霧散する。そのまま瞼を落としながら、「正治が気にするから」の効果は凄《すご》いと頭のすみで感心した。

4

目が覚めた時に知らない場所にいる——という感覚は、晴弥にとって馴染《なじ》みのものだ。

人慣れするのと同じくらい、場所に馴染むのに時間がかかるたちなのだ。実際、寮生活での目覚めの時に「あ、ここ自分の部屋だ」と感じるようになったのは、初めての冬休みを目前に控えた頃だった。

「おはよう。気分はどうかな？」

「……あ、さみのおじさ、——？」

「うん。ああ、起きなくていいよ。そのまま寝ていなさい」

身を起こそうとした晴弥を手振りで制止して、その人——浅見の父親は苦笑した。

晴弥にとって、一番頼りになる「大人」だ。とはいえ、無条件に頼っていいわけもない。

「え、と……ここってもしかして、おれの新しい引っ越し先……？」

「そう。桔平《きっぺい》の部屋だよ」

「きっぺい……あさみ、サンの？」

呼び捨てしそうになって、慌てて敬称をくっつける。それに気付いたのかどうか、浅見の父親は穏やかに頷いた。

「栄養失調と風邪だそうだよ。熱は下がったけど、今日はおとなしくしていた方がいい」

「えいようしっちょう……かぜ、で、ねつ？」

「お医者さんに診てもらったから大丈夫。ずっと桔平がついてたみたいだけど覚えてない？」

「ずっとって、え？　でも、引っ越し先ってここ、浅見サンの部屋、——あ、じゃあアトリエ、はっ」

はっとして飛び起きたとたん、目の前がくらりと回った。そのままベッドに逆戻りしそうになったのを、横合いから伸びた腕に抱き留められる。

「目が覚めてすぐそれかあ。まあ無理もないけどね。描きかけのやつ、気になる？」

返事代わりに大きく頷く。と、ひょいと顔を覗き込まれた。

「じゃあ見に行こうか。摑まって？」

「え、」

返事をする前に毛布を取られ軽々と抱き上げられて、晴弥は寝室から連れ出された。

浅見もだけれど、この人にこんなふうに構われたのは初めてだ。父親にもされた記憶がないだけに新鮮で、晴弥は目を丸くする。その後で、ようやく我に返った。

「あの。おれ、自分で歩け――」

「だーめ。晴弥くん、相変わらず軽いよねえ。ちゃんと食べてるのかな？」

狼狽《ろうばい》する晴弥をよそにずんずんと進みながら、浅見の父親が口にしたのは馴染みの問いだ。

「え、と。もうじき十九なんで、たぶん成長期は終わってます。あと、おれが小さいんじゃなくて、おじさんがでっかいだけだと思います」

長身でも細身な浅見とは対照的に、この人は格闘技を連想するほど大柄でがっしりした身体つきをしている。今も、晴弥を抱えて歩いてまるで揺らぎがない。

「さあ着いた。晴弥くん、ドア開けてくれる？」

長い廊下の突き当たりで言われて、晴弥は目の前のドアノブに手を伸ばす。開け放ったとたんに溢れた光に、思わず目を眇《すが》めていた。

三方を窓に囲まれた洋室は、八畳ほどと広い。ブラインドが巻き上がった窓の外、見える緑も家々もやや遠いか眼下にあって、この部屋だけでなく建物自体が小高い場所にあるのだとわかった。

「うちの奥さんの趣味の部屋だったんだけど、今は使ってなくてね。で、晴弥くんに見て欲しいのはあっち」

「うあ……——あ、れ？」

促されるまま顔を向けた先、唯一窓がない壁際の一角にイーゼルと描きかけの絵を目にして、晴弥は瞬く。棚に並んでいる画材も、全部あのアパートに置いていたものだ。

「晴弥くんのアトリエだから、好きに使っていいよ。具体的な今後については枯平と相談して決めてね」

「……は、い？　でも、それだと浅見、サンが困るんじゃあ」

「ちゃんと面倒見るって言質は取ったから大丈夫。でもここにベッドを持ちこむのは禁止だからそこは諦めて」

「え、あの、それって」

「晴弥くん、熱中すると周りが見えなくなるでしょう。だったら誰か傍にいないとね？　勝手で悪いけど、前のアパートはもう解約したから」

つまり、浅見との同居は決定事項ということだ。

あり得なさすぎる展開に、「どうしてそうなった」と途方に暮れた。

「じゃあひとつだけ確認、ですけど。今までの家賃って未払いになったりしてない、ですか」

これだけはと思っての問いの、「誰が」の部分を察したらしく、浅見の父親が眉を上げる。

「ちゃんと分捕ってるから大丈夫。晴弥くんには独自で収入もあるけど、それは将来のために置いておくってことで」

「ぶんどっ……しゅうにゅう？」

意味がわからず瞬く晴弥を抱えたまま、浅見の父親は「アトリエ」を後にする。大股に歩きながら言った。

「前に言ったでしょう。晴弥くんの絵が――」

「おいコラ。何で病人連れ回してんだよ」

楽しげな言葉を唐突に遮った声は、露骨に不機嫌だ。驚いて顔を上げた先、たった今帰ったと言わんばかりの長身を見つけて、晴弥は目を見開く。

スーツ姿の浅見を見たのは初めてだ。ダークグレイの上着とスラックスは遠目には一色なのに近くで見ると細かい模様があって、白いワイシャツと濃い青のネクタイが似合っている。くせのある髪をセットしていることもあってか、いつもとは別人に見えた。

「熱が下がったから、アトリエに案内をね」

「……三日熱が下がらない上にろくに食ってもいないから、とにかく寝かしておけと言ったよな。ひとりで放置するとろくなことにならないから、俺はアンタを呼んだんだが？」

「桔平。アンタ、はないだろう。僕はおまえのお父さんだよ？」

「そういう台詞は親らしい分別を見せてから言え」

侃々諤々《かんかんがくがく》の言い合いを聞いている間に、晴弥は浅見の腕に抱き取られた。少し離れて立つその父親が空っぽになった腕を悄然と眺めているのを目にして、申し訳ない気分になる。

「一生懸命調整して時間を空けてきたのに、これはちょっとひどくないかな。晴弥くんだってアトリエを見ないと落ち着かないだろう？」

「悪かった。アンタにまともな判断を期待した俺のミスだ」

言い切って、浅見はずんずんと歩き出す。寝室に辿りつくと、意外なくらい優しい動作でベッドの上に下ろされた。

ぽかんと見上げる額を、大きな手で覆われる。ひんやりとした感触が気持ちよくて、つい目を閉じてしまっていた。

「食欲は。起きて何か食ったのか」

首を振ったら、浅見は呆れたように息をついた。「おとなしくそこにいろ」と言い残して寝室から出て行ってしまう。遅れて入ってきた浅見の父親が、晴弥の額を撫でて申し訳なさそうに眉を下げた。

「気分はどうかな。やっぱり動くには早かったかい?」

「へいき、です。アトリエがわかって、ほっとしました、し。でもここ、あさみ、サンの寝室ですよね。おれ、自分の部屋に行った方がいいん、じゃあ」

「晴弥くんの部屋はあのアトリエと兼用だけど、寝場所はここらしいよ。絶対床で寝るから他にベッドは置かないって」

「は、い……? え、でもそれって」

つい声を上げかけたら、浅見の父親が少しだけ目元を厳しくした。

「今回体調を崩したのは、アトリエの床で寝起きしてたせいなんだってね。そうなると、僕も他の寝床を準備するのは反対かな。大丈夫だよ、ここのベッドなら三人でも余裕だから」

違うそうじゃない、と言いかけて辛うじて飲み込んだ。必死で言葉を探して、晴弥は言う。

「え、と……浅見のおじさんの、ベッド、とかは……?」

「おや。嬉しいこと言ってくれるなあ。だったら僕も——」

「もう用はないだろう。アンタはとっとと帰れ」

ちょうど戻ってきた浅見——息子の方が、一言でぶった切る。晴弥の頭を撫でていたその父親は、微妙な顔でそちらを振り返った。

「やれやれ。年々可愛《かわい》げがなくなるのはどうにかならないものかねえ」

「そっちこそ、年々軽くなっていくその性格に少しくらい重しをつけたらどうなんだ」

「厭だよ、そんな根性、持ち合わせがないからね」

拗《す》ね顔の父親を一瞥《いちべつ》すると、浅見はベッドにいる晴弥の膝の上に脚つきのトレイを置いてきた。上に乗っていたのは、おかゆに梅干しに熱いお茶といういかにもな病人メニューだ。

「全部食え。残すなよ」

「晴弥くん、また来るからね。何かあったら遠慮なく連絡しなさい」

「あ、……はい。ありがとう、ございます……？」

浅見の声に続いた挨拶に慌てて顔を上げるなり、今しも寝室から出ていく人と目が合う。笑顔で手を振った浅見の父親に反射的にこちらも振り返し、閉じるドアを見届けた後になってようやく気がついた。――つまり、浅見の父親はここには住んでいないわけだ。

「……自力で食えないなら、手伝ってやってもいいが？」

低い声に我に返ると、ベッド横の椅子《いす》に腰を下ろしていた浅見と目が合った。この状況で喧嘩《けんか》を売るほど無謀にもなれず、晴弥はおとなしく匙《さじ》を手に取る。

「とりあえず、家事は分担な。おまえ、アトリエ使うのは朝と夜、どっちが都合がいい？」

「ぶんたん……アトリエ？」

私服でもやっぱり長い脚を無造作に組んだ格好で、浅見は淡々と口を開く。

「今まではショウの都合に合わせて動いてただろう。おまえの気分でも効率でもいいが、アトリエを使いたい時間帯はないのか」

「朝、かな……でもおれ夜明け前に起きるから、寝床は別の方がいいと思う」

「却下だ。気にせず好きな時間に起きればいい。――だったら夕食はおまえに任せる。朝食はこっちでやるから気にしなくていい」

「……は？　え、あんた料理とかできんの？」

「今おまえが食ってるのを作ったのは俺だが？」

即答に、改めて手元の膳を眺めて晴弥は瞬く。

椀《わん》に入っているのはお粥《かゆ》だけれど、鮭《さけ》と野沢菜の刻みが入っていて、うっすらついた出汁《だし》の風味が絶品だ。お茶だって、まともな味がする。――これを、この男が作ったのか。

「母親が早くに亡くなったからな。ついでにあの親父はショウとそっくりの家事音痴だ」

「……それ、おじさんにもショウ兄にもすごい失礼なんじゃゃ……」

「追加だ。今後はどんなに没頭していても、食事と睡眠が必要だと判断したらアトリエから連れ出すから了解しておけ」

「別に、そこまで構わなくても……おれ、自分で適当に」

「仕方ねえだろ。俺は、おまえを放っておくわけにはいかねえんだよ」

長い息をつく様子に、何となく申し訳ない気分になった。

この男が、自発的に同居を言い出すとは思えない。けれど義兄と決裂した晴弥を放置するわけにはいかないし、何より浅見の父親は晴弥に過保護だ。つまり、押しつけられて仕方な

く、ということなのだろう。

「とりあえず、連絡先の交換だな。――ああそうだ、ＳＮＳだが再ダウンロードと登録はしろ。ＩＤは俺からショウに伝えておく」

「は？　え、何で」

目の前に、見覚えのあるスマートフォンを差し出された。電源を入れてまもなく立て続けに表示された義兄の名に、つい顔を顰めてしまう。

「通話着信とメールは放置していい。ＳＮＳも返信はしなくていいが、既読だけはつけておけ。でないとあいつが暴走する」

「何ソレ、おれもう関わる気はないって」

「おまえの居場所はバレてるんだ。全部無視したら間違いなくうちか、最悪大学前で待ち伏せに遭うが、それでもいいのか？」

速攻でアプリを落として登録した。その場でＩＤを伝えると、浅見は呆れたような感心したような顔でまじまじと晴弥を見る。

「やっぱり本気か」

「本気って、おれアパートにいた時、ドア越しだけどはっきり本人にもう二度と関わらないって言ったよ」

それで納得しなかったから、わざわざ浅見が合鍵持参でアパートにやってきてこの顛末《てんまつ》なのだが。痛感して、晴弥は首を縮める。

「ごめん、なさい。今後はその、できるだけ迷惑かけないようにする、から」

「へえ？　そんなことできるのか、おまえ」

「たぶん？」

だって、互いに望んでいない同居だ。直接的な面倒をかけてしまったのも事実で、だったら譲歩はすべきだろう。

「熱、は一応下がったな。今日はこのまま寝てろ。明後日にはどうにかしてでも大学に行かせる。運が良かったな、無事後期に間に合いそうだ」

「あ、……うん。でもそういえば大学の教材とか、」

食後の服薬の時に言われて、明後日から後期だったのかと今さらに思い出した。

「キッチン用品以外は全部、マンションからこっちに引き上げた。足りないものがあったら言え。取り戻してやる」

「そ、うなんだ……？　――！　じゃあ百色の色鉛筆とかっ」

「それなら戻ってる。が、確認は後だ、今は寝ろ」

飛び起きかけた額を、大きな手で押さえられる。むう、と顔を顰めた晴弥を、浅見は渋面で見下ろしてきた。

「ベッドに縛り付けられるとして、ロープと足枷《あしかせ》のどっちが好みだ？」

「……どっちもイラナイ、です……」

ロープ云々《うんぬん》は脅しだと思うが、やると言ったら絶対にやるのが浅見だ。なので素直に枕に頭をつけると、妙に満足げに頷かれた。

食べ終えた膳を手に、浅見が寝室を出ていく。音を立てて閉じたドアから天井に目を向けて、晴弥は今さらに「妙なことになった」と実感した。

5

空気が動いた気がして、ふっと意識が浮かんだ。

何度か瞬いて、晴弥は目の前のキャンバスを見つめる。小さく息を吐《は》いて振り返ると、数メートル離れたドア口に立っていた浅見と目が合った。

「おはよう。なあ、その絵、ずいぶん変わってきてねえか?」

「お、はよう……うん、何だかどんどん変わってく、みたいで」

ここ半年近く、描いては削り、削っては止まり、止まってはまた描きと繰り返してきた絵だ。なのに今、目の前にある色彩も形も以前のものとはまるで違う。そもそもこの絵は正治のマンションを出た時と、以前のアトリエを出る前とでも別物かと思うくらいに様変わりしていた。それが、このアトリエに来てからまたしても別方向に変化を遂げている。

「相変わらず他人事みたいに言うよな」

「だって、知らないし。おれも、中にあるものを出してるだけ、で」

幼い頃からそうだけれど、晴弥は「絵を描きたい」わけではないのだ。自分の内側に溜まって溢れそうな「何か」を出すのに、絵に落とす以外の方法を知らないだけ、で。

「……もう朝食？」

「そう。切り上げて来な」

ここで抵抗しても無駄なのは、この一週間で思い知っている。なのでそそくさと片付けて、先に立つ浅見についてアトリエを出た。

「で？　完成まではまだ当分かかるわけか」

「わ、かんないよ、そんなの。描いてみないと……ってちょ、やめろってば！　おれの頭は肘掛けじゃないって、何度言えばっ」

言いかけた頭上にいきなり肘を置かれて、晴弥はすぐさま抗議する。と、いつのまにか隣を歩いていた浅見が鼻で笑うのが聞こえた。

「お、悪い。ちょうどいい位置にあったんで」

「何回言ってもやる時点でヤバいよね。一回病院行ってみた方がいいんじゃないの」

「心配してくれるのか？　ありがたいねえ」

払いのけたのをあっさりいなされたせいで、頭上の重みはそのままだ。完全に遊ばれている――のに、こういう浅見に晴弥はまだ慣れない。

以前の浅見は、絶対こんなことはしなかった。頭を撫でられるのも担ぎ上げられるのも頭上に肘を置かれたのも、でコピンですら論外で、そもそもそこまで晴弥に近づくことすらしなかった。

別人かと思うような態度の変化に、何か企んでるんじゃないかと本気で疑ったくらいだ。なんと言っても筆頭は、浅見がちゃんと家事をこなすことだ。出勤する週日ですら手際よく、けれど他にも予想外が続いたあげく、今はそれが日常になっている。

くすませてしまって、下手をすると晴弥の担当分まで「ついでに」終わらせていたりする。正治と暮らしていた時はひとりでこなしていた買い出しも、当然のように車を出してくれた。

（ふたりで行った方が楽だろ。あと、食費は共同財布を作ろうと思うんだが、異存は？）

……正直に言えば、「この厭味大魔神がアテになるわけがない」と決めつけていたのだ。なのに実際はどんな些少《さしょう》なことでも律儀に話を通してくるし、晴弥の言い分にも耳を傾ける。最近はむしろ、浅見の方の負担が大きい気がするくらいだ。何しろこの男、晴弥がアトリエにいる時は食事と睡眠の声かけ以外いっさい邪魔してこない。

「食欲なくても残すなよ。全部食え」

ダイニングテーブルに並んでいるのはごはんに味噌汁《みそしる》、焼き魚に卵焼きと青菜の和え物、加えて漬物に海苔《のり》という由緒正しげな和定食だ。おまけに晴弥が作るより格段に味がいい。

「今日の予定は？」

追加でもうひとつ意外なことに、浅見との間でまともな会話が成立するようになった。もちろん、厭味や揶揄《やゆ》だってしっかり言われるが。

「今日は午後まで講義で、その後はたぶん図書館で資料探してる……？」

「何だその疑問形」

「昨日、声かけられた。グループ研究、一緒にって」

「へえ？　やっと友達ができたのかよ」

そう言う浅見は、声だけでなくこちらを見る目まで興味深げだ。それも不思議だけれど、今は言われた言葉の不可解さの方が気になった。

「……とも、だち？」

「違うのか。知らない相手から誘われたってことか？」

「よく講義で一緒になる、んだけど。入学オリエンテーションの最終日に、スケッチブック見せろって奪《と》られかけたのを助けてくれた人が、いて」

以前からの癖でリュックサックに突っ込んでいたのを、目敏《めざと》く見つけて引っ張り出した学生がいたのだ。勝手に見られて、正直とても気分が悪かった。

「何だソレ、初耳だぞ。相手も学生なんだろ？」

「おれと同じ、新入生。美大生でもないのに何で持ち歩いてるんだって、その後もしつこく絡んできてて……でも、さっき言った助けてくれた人——篠山《ささやま》って言うんだけど、気がつくと間に入ってくれて」

前期では仲裁するだけだったその同級生が、ここ最近は何かと誘いの声をかけてくるようになったのだ。断る理由もなかったから、何となく一緒にいることが増えた。

「あ、でもここ最近、あのスケッチブック男が寄ってこない……ってあれ？　もしかして篠山、わざと……？」

「そう思うなら礼くらい言っておけ」

すっかり空になった皿を目の前に、湯飲みを口に運ぶ浅見が苦笑する。「そうする」と素直に頷いて、晴弥は言う。

「今日、遅くなる？　夕飯、何か食べたいものは？」

「今のところ残業予定はない。遅くなるとわかった時点で連絡はする。——まあ、肉だな。おまえ、自分からは食わないだろうが」

「……あんたが食べたいものを訊いてるんだけど」

言い合いながらの朝食を終えると、もう浅見は出勤時刻だ。上着を羽織り、ケースのような鞄《かばん》を手に出かけていく。それを追いかけるように身支度をすませて、晴弥も玄関を出た。

浅見の住まいは集合住宅の最上階だけれど、正治のいかにもといった高層マンションとは対照的に四階までの低層だ。総戸数が少ない代わり一戸あたりの面積が広い上、浅見の部屋の間取りはオーナー仕様だという。徒歩で数分の距離に地下鉄や私鉄の駅とバス停があって、そのバスに数分乗ればJR駅に出られるという、とても便利な土地柄だ。

バスから電車に乗り換えて、空いていた席に腰を下ろす。スマートフォンを眺めると、例によってSNSに正治からのメッセージが届いていた。

返信しないせいか、ここ最近の内容は判で押したように同じだ。元気か、変わったことはないか、何かあれば連絡を、という。

一瞥してアプリを閉じると、ちょうど大学最寄り駅に着いた。

晴弥の進学先は、世間的には上の中くらいのランクの私立大学だ。進路指導では美大を薦められたけれど、浅見の父親の助言を得て却下した。

（かえってやりにくいんじゃないかな。あくまで晴弥くんにとってはの話だけどね、雑音がひどくなると言うか）

そもそも晴弥は絵で食べていきたいとは露ほども思っていない。というより、それだけのものを描けるとも、描いているとも思わない。

浅見の父親が、理解を示してくれて助かった。ついでに実父の無関心にも、この時は心底感謝したものだ。

「あ、田所だ。おはよー」

大学構内に入ってすぐに駆け寄ってきた学生は、今朝浅見から「友達か」と指摘された篠山だ。前期の間で唯一、晴弥が顔と名前を一致させていた相手でもある。

「おはよう?」

「おう、相変わらず……って、おまえ最初の講義って何だったっけ」

「あー……ええと」

思い出せず、急いでスマートフォンのアプリを開く。一緒になって覗き込んできた篠山によると、最初のコマが違うだけで他は午後まで同じなのだそうだ。

「んじゃふたコマ目の前に合流すっか。昼も一緒でいいよな?」

にっこり笑顔で別の教室へと向かう篠山を見送って、晴弥はつい首を傾げてしまう。

どちらかと言うまでもなく、晴弥は目立たない部類だ。正治や浅見のように長身でなく、目を惹く容姿も持っていない。講義中でもグループ討論でも自発的には発言しないから、下手をすると教師からも忘れられる。

なので、篠山のアレはとても不思議だ。何しろ毎回、専用レーダーでも搭載したようなタイミングで声をかけてくる。

「田所、こっち来いよ。席取ってるから」

ひとコマ目を終えた後、次の講義室に移動するなり窓際の席にいた篠山に手を振られた。

周囲の目が集まるのは微妙だけれど、無視するのも道理が違う。なので素直に近づくと、今度は篠山の隣にいる友人らしい学生が、物言いたげな顔をしているのが気になった。

「え、と……いいの、かな」

「もちろん。田所、窓際の方が好きだろ？　よく外見てるし」

「……ありがとう？」

「いや、だから何でそこで疑問形？」

笑う篠山の反応が珍しくて、晴弥はついまじまじと見つめてしまう。

自分が「浮いている」自覚はあるのだ。生来のテンポが人と違うのは寮生活で思い知ったし、そもそも周囲に興味がないたちでもある。

講義は真面目に受けるし、試験だってそれなりの成績を取るのは当然だ。グループ研究にも、ちゃんと参加している。けれどサークル活動には関心がないし、バイトは「合わない」からやめておくようにと、これは浅見の父親から「後援者」として重々言われていた。

友人ができなくても道理だし、それも自己責任だと割り切った。だからこそ、篠山に構われる理由が見えない。

「最近は、絡まれても長引かなくなったから、放っといてくれても大丈夫、だけど？」

学生食堂で、同席していた篠山の友人が購買へと席を立つ。そのタイミングで切り出すと、篠山は少し困った顔をした。

「オレに声かけられると、田所は困る？」

「そうじゃなく、て。その、何で声かけてくれるのか、わからなくて」

「そりゃ、田所が気になるからだけど？　何となく目につくっていうかさ」

言いかけた篠山が、購買にいる友人を眺めてふと黙る。改めて、晴弥を見た。

「今日、講義の後時間ある？　一緒にコーヒーでもどうかな。オレと、田所だけで」

早口での問いに反射的に頷いたのと前後して、篠山の友人が戻ってくる。目当ての品がなかったという文句を耳半分で聞きながら、遅ればせに「何でそうなった」と思った。


目につくということは、つまり悪目立ちしているということか。

講義中に唐突に思いついて、何とも憂鬱《ゆううつ》な気分になった。ついでに教授が教室を出た後、篠山が「じゃあまたな」の一言で離れていったのにも途方に暮れた。

連絡先も、交換していないのだ。追いかけて声をかけるのもどうかと思いつつリュックサックを抱え直して、晴弥はポケットから覗く紙片に気付く。見れば十分後の時刻と見覚えのある地下鉄駅出口のナンバーに、篠山の名前が記されていた。

内密に、というわけか。納得してメモをポケットに戻したところで、横合いから声がした。

「田所じゃん。この後、暇？　何か食いに行こうと思うんだけど、一緒に来ない？」

「あー……ごめん、約束がある、から」

「んじゃまた誘うな。あと、次のグループ研究ん時はよかったら一緒して」

にっかり歯を見せて笑った彼は、他の講義でもよく見る顔だ。気を悪くしたふうもなく、連れを促して離れていく。手だけ振ってきた連れともども最近晴弥に声をかけてくるけれど、タイミングが合わずまだ「一緒」したことはない。

「あ、田所いた！　なあ、おまえ今日もスケッチブック持ってないの？　いい加減、見せてくれてもよくない？」

「……悪いけど」

言うなり真ん前に立った見るからにチャラい茶髪の人物は、例のスケッチブック強奪男だ。数えるのも面倒な数のピアスが、左右の耳にずらりと並んでいる。

「何でー。ちょっとくらい見せたっていいじゃん、結構上手《うま》かったしさあ」

「人に見せるために描いてるわけじゃないから」

「それ勿体《もったい》なくない？　オレが好きっぽい絵もあったし、もっとよく見たいんだけどなあ」

間髪を容《い》れずの返答に、晴弥はわずかに顔を顰める。

頼んでいるように見えるだけで実際は思い通りになるまで押してくるのが、この手合いの定石だ。かといって無碍《むげ》にすれば、こちらが悪者にされかねない。

「じゃあスケッチブックは諦めるから、買い物付き合ってよ。お茶くらい奢《おご》るからさ」

「ちょ、……っ」

肘を引っ張られて、つい邪険に振り払っていた。まずい、と思った時にはもう、茶髪男に顰めっ面で見下ろされている。

「前から思ってたけど、何で田所はオレを避けるわけ。こっちはお近づきになりたいだけなんだけど？」

「……、――」

「とにかく、今日は大事な話があるんだ。その、ギャラリーが多いのは困るから」

言われて、初めて周囲の人だかりに気がついた。衆目にさらに固まっていると、またしても茶髪男が手を伸ばしてくる。それを避けて言った。

「悪い、けど。これから、約束がある、から」

「は？　何言ってんだよ、どうせ友達なんかいないくせに――」

むっとしていた声が、半端に途切れる。え、と思った時にはやっぱり見覚えだけはある別の学生が、横から茶髪男の頭を押さえつけていた。

「馬鹿者。自分の都合だけで突っ走るなとあれほど言ったろうが」

「いやだって、早くしないと田所が」

「田所にも都合があるだろ。もちろん選ぶ権利もな。――悪い、すぐ連れて行くから」

その一言とともに、茶髪男は強引に引きずられていった。それを機に、ようやく周囲から視線と人がばらけていく。

胸を撫で下ろしたところで、約束を思い出した。慌てて校舎を飛び出し大学の西門を出た先、指定の五番出入り口を見つけた時には完全に息が上がっていた。

「あの、遅れてごめ――」

「いや。もしかしてまた広野《ひろの》に絡まれた？」

「……ひろの？」

誰だそれ、とばかりに首を傾げたら、篠山は目を丸くした。

「うっわ。あいつ未だに名前も覚えてもらってないんだ」

「……それってもしかして、茶髪ピアスの名前？　スケッチブック見せろの」

「そう。実はオレ、あいつと高校が一緒でね。もっともクラスでも部活でも接点がなかったんで、顔と名前だけ知ってたレベルだけど。――とりあえず、近くの喫茶店でいい？」

「あ、うん」

案内された先は、なるほどカフェではなく「喫茶店」だ。建物が古く、無骨なテーブルと椅子には手作りらしい座布団が、片隅には漫画本と雑誌が並ぶ棚が置いてあった。

揃ってオーダーをすませてから、晴弥は思い切って訊いてみる。

「えっと、篠山がおれに声かけてくれるのって、おれが悪目立ちしてるから……？」

「は？　何がどうなってその結論？」

「おれ、目立たないはずなんだけどそれって大学では通用しないのかと思って。最近は声かけてくる人が増えたし、さっきの茶髪ピアスも今日は変にしつこかったし」

赤の中にあって白く目立つ桜色は、白の中では赤く目につく。それと同じで、人の見方は相対評価だ。晴弥本人が変わらなくても、周囲が違えば見え方が変わってもおかしくない。

ただ、それが起きるのは本来、入学して間もない頃のはず、だけれども。

ちょうど運ばれてきたアイスコーヒーにフレッシュを落として、篠山は言う。

「悪目立ちってことはないと思うよ。入学式の時から何かと目についてたのは確かだけど」

「目につく？　浮いてる、のは知ってる、けど」

「後期に入ってから雰囲気変わったんだけど、自覚ないんだ？　前は取り付く島なしだったのが、今はとっかかりがあるっていうか、話しかけてもよさそうな空気があるんだよね」

「とっかかり……？　別に、何も変わってない、よ……？」

「いい傾向だと思うけど。田所は現状に異存がある？」

強いて言えば正治から離れて、浅見と同居を始めたことくらいだ。

「反応に困る時はある。茶髪ピアス以外は、だいたいすぐ退《ど》いてくれるからいいけど」

「え。もしかして広野、今日はしつこかったんだ？」

頬杖《ほおづえ》をついた篠山に経緯を話すと、「うわあ」と声を上げた。

「いきなり行動に出るとか、わかりやすすぎだろ。まあ、焦るのもわからなくはないけどさ」

「……何の話？」

「広野が足りてないって話。ごめん、この先は勝手に言えない。けど、悪意がないのは確かだと思うよ。今頃どっぷり落ち込んでるんじゃないの」

　相変わらず意味不明だったものの、まあいいかと流すことにした。代わりに、晴弥は思い切って言ってみる。

「じゃあ篠山は？　何で最近になって、おれに声かけてくるようになったわけ。その、前期の頃から助けてはくれてたけど、それだけだったよね」

「そこはまあ、とっかかりが見つかったんで勇んで田所に近づこうとしてるというか」

「おれに近づいたところで得はないよ？　さっき一緒にいた友達は厭がってそうだし」

　逐一傷つくほど繊細ではないが、まったく気にならないわけではないのだ。なので一応言ってみたら、篠山は軽く肩を竦めた。

「あいつの反応は広野絡みだから放置でいいよ。田所に関しては、どうやら今まで周囲にいなかったタイプだから対処に困ってるだけ」

「おれ、扱いづらいみたいだしね」

「そう？　単に個性だと思うけど。こっちの都合で話しかけてもちゃんと返事してくれるし、こうやって誘っても応じてくれるし十分だろ」

「茶髪ピアスの誘いは断ったよ」

「応じるかどうかは田所の自由。断ったところで問題なし」

「えー……」

それですむ話なのかと顔を顰めたら、正面に座っていた篠山がふと真顔になった。

「ところで田所はオレを友達だと思ってる？　もしくは、友達になる気ある？」

「その前におれ、ちゃんとお礼言ったっけ。春のと、ここ最近のと」

今朝の浅見を思い出して確認したら、篠山は喉を鳴らして笑った。

「ちゃんと律儀に言ってもらってるよ。毎回、ちょっと尻上がりだけど」

「あー……ごめん？　えっと、こっちとしては友達、になってくれると嬉しい。おれ、今まで友達とかいたことないし」

言った後でまずかったかと思ったけれど、篠山は笑顔のままだ。それを知って、ひどく安堵した。

6

実を言えば、喫茶店に入る前から気にはなっていた。

「田所？　何……ああ、その店。入ってみる？」

「え、あ、いや別に、おれひとり、でも」

会計を終えて喫茶店を出るなり足を止めた晴弥に、篠山は心得たようにそう言った。

来たのとは逆方向の二軒先に、文具店の看板があったのだ。その真下には有名画材メーカーの看板もかかっていた。

「オレがいると邪魔？」

「おれ、ああいうとこに入ると長い、から」

正治に連れて行ってもらった文具店で、五時間没頭したことがあるのだ。声をかけても反応しなかったとかで、最終的にはいつの間にか合流していた浅見に厭味をかまされて我に返った。以来、画材はひとりで見に行くと決めている。

「つきあうよ。オレも見たいものあるしさ」

「……時間がかかりすぎたり、おれが反応しなかった時は気にせず帰ってくれるんなら」

「何それ面白すぎ。じゃあ先に連絡先交換しよ」

SNSのアカウントを交換した勢いで、一緒に文具屋へと足を踏み入れる。こぢんまりとした店内の様子で、近くに学校があるらしいと察しがついた。

「田所は何探してんの。スケッチブックとか？」

「色鉛筆。前に持ってた百色の、捨てたからその代わりに」

「百色？　アレ、結構値段するんじゃなかったっけ」

「バラで少しずつ集めたんだ。中等部……中学から、高校までの間」

ケース入りのセットは軽く五桁を超える値段で、当時の晴弥には到底買えなかったのだ。時間をかけて集めた分、大事に使っていたのだが。

「え、それ捨てたんだ。何で？」

「……勝手に使われた。機械で先削ってるし変なシール貼ってるし、知らないうちに長さが半分になってるし」

「誰に。家の人？」

「赤の他人。一緒に住んでた人の、恋人とかいう」

先が尖りすぎるのは厭だから、ずっとナイフで削っていた。どの色がどのくらいの長さだったかも覚えている。無用に傷なんかつけたことがないし、シールを貼るとか論外だ。――なのに、先日久しぶりに出してみたらほぼ全部がそんな有様だった。

絵にも画材にも興味がない正治が、そんなことするわけがない。だったら誰かは火を見るより明らかで、結果的に見るのも触るのも厭になった。

「うっわ、そりゃ厭だろ……勿体ない気もするけどさ。あー、だったら別の店行ってみる？電車でちょっと移動するけど、百色ケース入り複数種類扱ってるとこあるよ」

予想外の同意の続きでとてつもない誘惑をされて、考える前に頷いていた。それが面白かったのか、篠山がまた笑う。晴弥を促し、店を出て駅へと向かった。

電車を乗り継いで案内された先は、初めて見るほど大きな店だった。何でも、ビル全体が文具を扱っているらしい。エレベーターを四階で降りた先、ガラスケースの中を目にして比喩でなく呼吸が止まった。

「……ひゃくごじゅっしょく、って……ええええええ」

立派なケースに入った色鉛筆には知らない色がいくつもあって、当然値段は五桁超えだ。

「田所ー。そこはケース入りでバラはあっち……って聞いてないか」

篠山の声に重なるように、七年前の――後援者に名乗りを上げてくれた時の浅見の父親の言葉を思い出した。

（画材で欲しいものがあればいつでも言っていいからね）

晴弥の絵は、実父にとって金を出すほどの価値がない。定期的な小遣いこそ受け取ってはいるが、それ以外はいっさい出してもらえない。寮にいた頃でいえば長期休暇に入ると別扱いになる食費から、季節事の衣類に日用品の類いもそれで賄っていたため、月々で換算すれば晴弥が自由にできる金額はそう多くはなかった。

そして、中高の六年間を所属した美術部で使う画材は当然自前だ。にもかかわらず、自由に描くことができたのは――大学生になった今もバイトもなしでそれが続けられるのは、定期的に届く「後援」の画材があるからこそだ。

それを、晴弥は分不相応だと知っている。何しろ寮にいた六年間、一度も公に認められたことがない。それを理由に後援を断ったことだって何度もある。

けれどそのたびあの人は、「僕が好きでやってるんだからいいじゃない」と笑うのだ。

（晴弥くんは気にせず好きに絵を描いてみて。ただし、仕上がったらちゃんと見せてね）

自分から口に出せない晴弥を承知して、時にリクエストまで取ろうとするような人だ。きっとこの色鉛筆も「欲しい」と告げたら買ってくれると思う。

だからこそ、言い出せないのだ。こういうイレギュラーは自力でどうにかすべきで、だったらやっぱりバラにするか、……ああ、でもそういえば春に義兄や浅見の父親や、何故か浅見からも貰った大学の入学祝い金が手つかずだったのではなかったか。今後のための貯蓄とばかりに、別扱いしていたけれども。

悩みに悩んだ晴弥が会計を終えて店を出たのは、それから小一時間ほど過ぎた頃だ。

「重いだろ。持つよ」

最後までつきあってくれた篠山の申し出を、慌てて断った。

「平気、自分の買い物だし。それよりごめん、篠山は本当は方向違うよね？」

晴弥がこれから乗る路線の駅は、歩いて十五分ほどの距離にあるらしい。そこまで送ると申し出てくれた篠山は、けれどこの後バイトがあるはずだ。

「少し先に駅があるからいいよ。それより宅配便頼んだ方がよかった気もするけど？」

「でもせっかく見つけたし、持って帰りたいから」

実は支払いだけで財布がほぼ空になったのだ。色鉛筆のセットだけカード払いにして、あとは向こう一か月追加購入なしと覚悟を決めて買った。電車とバスでＩＣカードを使えるのだけが救いだ。

「そっか。で、さっきのポスターの個展、実は招待券あるんだけど一緒に行かないか？」

篠山が言うのは、エレベーターの中に貼ってあった告知ポスターだ。名前も知らない画家だったけれど、どこまでも深い藍色が気になって目が離せなかった。

「……行きたいけど、おれでいいんだ？　いつも一緒の友達、とかは」

「あいつ、そっち方面には興味ないんだ。あ、ひとりで行きたいなら招待券だけ回すよ？」

「一緒に行く。っていうか、お願いします？　でもその、おれがあんまり時間かかるようなら放置して帰るってことで」

「了解。いつにする？」

互いのスケジュールを確認し、今週末の午前中に待ち合わせることにした。昼食後には、篠山曰く「田所が好きそうな場所」に案内してくれるという。

ほっと安堵した肩を、篠山に軽く押される。え、と思った直後にそこを行き過ぎた人を見送って、ぶつかるところだったんだと知った。

「ありがとう。それにしても人、多いね」

「どういたしまして。でも、このへんはこんなもんだよ」

「そう、なんだ？」

そういえば、寮を出てこちらに移ってからも、ろくに町中を歩いていないのだ。知らないだけかと小さく息を吐いた時、ふいに馴染みの長身が目に入る。

嘘だろうと見直しても、人波から頭ひとつ抜けたスーツ姿は見間違えようがない——浅見、だ。巨大なショッピングモールの出入り口の脇でスマートフォンを耳に当て、端整な顔をわずかに顰めている。

渋面でも絵になるとは厭味か。いや、あれは悪役顔だからこそと言うべきか。

無意味に悩んでいたら、ふいに顔を上げた浅見と視線がぶつかった。身構える間もなく、大股にこちらへ歩いてくる。

「晴弥、こんなところで何やって……って、買い物か。——そっちは友達か？」

「は、え、ちょっ」

寄ってくるなり晴弥の手から荷物を奪った浅見が、返事も待たず篠山に目を向ける。いきなりのことに驚いたのだろう、篠山が晴弥と浅見を見比べているのがわかった。

「例の、助けてくれた友達……篠山？　こっちは浅見、さん」

「篠山です。失礼ですけど……」

「あ、知り合いっていうか、おれが住んでるとこの大家さん？　みたいな」

説明不足に気がついて、晴弥は慌てて付け加える。改めて、浅見を見上げた。

「買い物に、来ただけだけど。っていうかそれ、返して」

「重いものを買いに行く時は言えと、何度も言ったはずだが」

「食料品や日用品はそうするよ。けどそれは画材だから」

当然のことを言ったのに、どうして浅見は不機嫌顔でじろじろと見下ろしてくるのか。

むっとした、そのタイミングで今度は横合いから知らない声がした。

「浅見くん……って、あれ？　誰、その子」

「幼なじみの弟です」

割って入ってきたのは、すっきりしたショートカットが似合うベージュホワイトのスーツの女性だ。敬語を使っているところを見ると、浅見の上司か先輩なのかもしれない。浅見の素っ気なさを気にする様子もなく、興味津々に晴弥の顔を覗き込んできた。

「例の弟みたいな子？　今、大学生よね。じゃあ、こっちの彼は」

篠山に気付いた女性が、改めて浅見に目を向ける。親しげな様子が気障りで、晴弥はつい眉根を寄せていた。

「コレの友達です。ついでに何度も言ってるはずですが、コレは弟モドキですらありませんよ。……すぐ戻りますから、向こうで待っててください」

「せっかくなのに紹介してくれないの？」

「プライベートですから」

「何それ、ケチねえ」

口紅を塗った唇を尖らせた女性が渋々離れていく。人混みに紛れて振り返ったかと思うと、笑顔で晴弥に手を振ってきた。

渋面のまま、浅見がこちらに目を向ける。ちなみにその間晴弥がしていたことと言えば、「コレ」の一言と同時にデコピンされた額を涙目で押さえることくらいだ。

「で？　このまままっすぐ帰るのか」

「夕飯の材料、足りないから。いつもの駅の近くで買い物する、けど」

「……今あるものでできないのか？」

咎《とが》めるような声音にむかついて、晴弥は反抗的に言う。

「夕飯はおれが好きなものでいいって言ったじゃん」

「少し遅くなってもいいなら、追加の材料は俺が買って帰るが」

「いらない。夕飯はおれの役目だし、それよりいい加減荷物返して」

むかつきながら伸ばした晴弥の手を素早くガードして、浅見は露骨に厭そうな顔をした。

手にした紙袋の中を、しげしげと眺めて言う。

「これは俺が預かる。どうせ今日は使わないだろ」

「でも、それおれの、だからっ」

声を張り上げたら、今度は呆れ顔で見下ろされた。

「心配しなくても今日中に持ち帰る。それより昼食は摂《と》ったんだろうな」

「学食で食べたし！　いやそうじゃなくて、心配も何もおれのだから自分で」

「うちの路線駅はこの先をまっすぐ行って、二つめの信号を左だ。乗る方角を間違えるなよ。

――これが世話をかけてすみません。面倒もあると思いますが、仲良くしてやってください」

「了解です。今週末、一緒に個展を見に行く約束もしましたから」

篠山との会話をにこやかに終わらせた浅見が、思い出したように手を伸ばしてくる。一拍の後、踵を返して先ほどのショッピングモール出入り口へと戻っていった。

「ちょ、……だから、いったい何――」

待っていた女性と肩を並べて去っていくのを見送りながら、何となく取り残された気分になった。無意識に触れた自分の頭に残るのは、去り際の浅見の手に撫でられた感覚だけだ。

「大人のカップル、って感じだな。……ところで大家さんって一緒に住んでるのか？」

「その……おれの義理の兄の、幼なじみっていうか親友で。いろいろ面倒なことがあったんで、お互い不本意だけど仕方なく」

もやっとした自分を怪訝に思いながら説明すると、篠山が意外そうな顔をした。

「それにしては過保護じゃん。てっきりお兄さんだとばかり思ってた……って、じゃあさっきの色鉛筆の件は」

「義理の兄の恋人の話、だけど……カホゴって、浅見、が？」

ぽかんと瞬いた晴弥に、篠山はあっさり頷いた。

「さっきの荷物だって、田所の右手を気にしたんだろ。絵を描くのに痛めたらヤバいから」

「みぎ、て」

言われて、晴弥は自分の手を眺めてみる。

荷物が重すぎたと、思っていたのは事実だ。あのままスーパーはきついから、いったん帰ってまた行こうかと思い始めてもいた。

「言い方は素っ気ないけど、やることが気遣い満載だよね。ところで何の仕事してる人？……って、ごめん。さすがに詮索《せんさく》しすぎか」

返事に詰まった晴弥に、篠山が言う。それへ、慌てて首を横に振った。

「そうじゃなくて、おれ、浅見が何の仕事してるか知らなくて。たぶん実家の仕事を継ぐ、んじゃないかとは思う、けど」

「おにいさんの親友で、同居中なのに？　これまでそう親しくなかったとか？」

「そんなとこ。おれ、中学から高校は全寮制にいたから」

だとしても、あまりに浅見のことを知らなすぎないか。連絡先は交換したばかりでまともに話すようになったのも最近だから、ある意味当たり前でもあるのだけれども。

眉を寄せて黙った晴弥に、篠山はそれ以上何も言わなかった。

彼が発した「過保護」の一言が、晴弥の中に強く残った。

残業で帰宅時刻がまちまちになる浅見は、毎回律儀に「これから帰る」と連絡してくる。

その日の連絡は十九時過ぎに来た。準備万端だった晴弥は、鍵とスマートフォンだけをポケットに突っ込んで部屋を出る。街灯が照らす夜道を、浅見が使う地下鉄の駅へ向かった。地下鉄の出口は複数あるんだったと思い出したのは、入り口表示に数字を見つけた後だ。そして晴弥は浅見がどこを使っているか知らない。

連絡するかとスマートフォンを手にしたところで、「晴弥?」と呼ばれた。顔を上げると、目の前の出口から浅見が姿を見せている。

「何やってんだ、こんな時間にこんなところで」

「え、だっておれの色鉛筆」

「そんなことのためにここまで来たのか。……おまえが?」

「来たら悪い?　っていうか、それ返して」

むっとして荷物を取り返そうとしたら、悔しいほどあっさり躱《かわ》された。顔を顰めていると、ため息交じりに見下ろされる。

「心配しなくても勝手に触ったりしねえよ」

「そ、うじゃなくて!　それ重いじゃん、仕事して帰る人にそんなの持たせるとかないだろ」

「俺を気遣ってここまで来たと?」

揶揄混じりに声とともに、またしても頭上に肘を乗せられた。すぐさま払いのけて、晴弥はじろりと浅見を睨む。

「あんた、おれをどう思ってんの。気遣うくらいするだろ、厭でも一緒に住んでんだからっ」

「厭でも、ね」

わざわざそこで念を押すあたり、本気で厭味だ。思って、けれど当の浅見が何とも複雑そうな顔をしているのに気づく。

ジグソーパズルが嵌まったみたいに、視線が外せなくなった。

悪役顔なのに、意地が悪いくせに、どうしてそんな顔でこちらを見るのか。やっとのことで視線を外して、晴弥はぶっきらぼうに言った。

「そ、ういえば、さ。アンタって何の仕事してんの。やっぱりおじさんの手伝いとか？」

「外れ。――今さらそんなもん、訊いてどうすんだよ。変な義理でも感じたのか？　それとも、親父が何か言ってきたのか」

即答の否定に虚を衝かれていると、やけに胡乱《うろん》な顔で見下ろされた。

「そんなのない、けど。義理とかでもなくて、一緒に住んでんのに何も知らないのってどうかと思った、だけで」

「俺の仕事を一応知っておきたい、と？」

「だって、それは」

言いかけて、晴弥はそこで言葉を止める。

――同居を始めてから、気がついたことがある。

浅見と晴弥の間が険悪になる時は、必ず正治が絡んでいる。そうでなければせいぜい軽い言い合い程度で終わって、後を引くこともない。

厭味っぽいのも意地が悪いのも変わらないし、強引だとも思う。けれどそれは「アトリエから連れ出す時」限定で、つまり晴弥に食事と睡眠を摂らせるためだ。

確かに過保護だ。指摘されてもすぐに気付かなかった自分には、呆れるしかない。

「……教えたくないんだったら、もういい」

「今は教えてやらない。おまえが本気で知りたがったらその時に、な」

「は？」と瞬いて見上げた先、意味ありげな顔の浅見と目が合う。追及しても無駄だと察して、晴弥は顔を歪《ゆが》めてやった。

「ところで弟モドキですらない、って何」

「おまえ俺の弟でいたいのか」

「え、厭だ。だって、……あんたは兄貴って感じじゃないし」

まっすぐ見据える視線につい横を向いて言う。だって、晴弥にとっての「兄」は正治だけだ。もう反故《ほご》にされてしまったけれど、「ずっと一緒にいる」と約束してくれた――。

「上等だな。こっちもおまえみたいな弟はいらねえし」

「何ソレ、おれ喧嘩売られてんの？」

「ガキにそんなもん売るほど暇じゃねえよ」

鼻で笑った浅見は、紙袋を握ったままだ。きっと、言ったところで渡してはくれない。

「で？　結局、夕飯は何になったんだ」

「鮭のちゃんちゃん焼きと青菜の煮浸しと味噌汁。あんた、肉より魚の方が好きだろ」

「へえ？　案外見てるんだな」

意外そうな声にむっとして睨んで、けれど晴弥は途方に暮れる。このタイミングで、この状況でどうしてそんな優しい顔をするのか。

「あんた、おれをよっぽど考えなしだと思ってるだろ」

「実際そうだろ。理屈より本能優位なくせに」

「おれが下等動物だって言いたい？」

「それ以下だな。何しろまだお子様だ」

「何度も言ってるけど、おれもうじき十九だから」

「立派な未成年だよなあ？」

笑いを含んだ声とともに、上から降りてきた重みに頭を撫でられた。

正治にされた時は無条件に嬉しかったのに、浅見だと妙に落ち着かないのは慣れないせいだろうか。

けして厭なわけじゃなく、以前と違う浅見に馴染みきれずにいるだけだ。意地の悪さと厭味は変わらないから、余計に混乱するんだと思う。

地上が明るすぎるせいか、見上げた夜空にほとんど星はない。半分になった月が、辛うじて高層マンションのてっぺんに引っかかっているだけだ。

人気《ひとけ》のない夜道を、浅見と並んで歩く。それを楽しんでいる自分に少しだけ驚いた。

7

浅見は、朝に弱いらしい。

ということに晴弥が気がついたのは、同居を始めて間もない頃だ。何しろ夜明け前に晴弥がベッドから降りても、一度も目を覚ましたことがない。

「寝穢《ねきたな》い、って言うんだっけ……？」

毎朝四時にはキャンバスに向かうのが、寮にいた頃からの日課だ。もっとも正治のマンションにいた頃は、スケッチブックを開くのがせいぜいだったが。

フロアライトがほの暗く灯《とも》る中、こちらに顔を向けた浅見は熟睡中だ。それはいいとして、人を抱き枕にする癖はどうにかならないものか。

「……だから、こういうのは恋人にすればいいのに」

小声で文句を言って、もぞもぞと浅見の腕から抜け出す。追っては来ないのを幸いに、長く伸びた腰のあたりを乗り越えてベッドの端に辿り着いた。スリッパに足を突っ込み上着を羽織ったところで、ついため息が出る。

このベッドでの晴弥の寝場所は壁際で、だから毎回こうして浅見を乗り越えねばならないのだ。もちろん早々に抗議したけれど、露骨に鼻で笑われた。

(先に寝たおまえをわざわざ乗り越えて、俺に壁際で寝ろとでも?)

居候の身ではぐうの音も出ず、だから何度かは実力行使に出た。つまり逆側で寝てみたわけだが、毎朝目覚めた時は必ず壁際に戻されている。

「何考えてんのか、わかんなさすぎ……」

このスリッパも上着も、浅見が用意したものだ。夜明け前からアトリエにいると知った翌日には押しつけてきて、以来使わずにいるとねちねち文句を言われる。それが面倒で、最近は寝起きに身につける癖がついた。

「同じベッド、じゃなくていいと思う、んだけど」

朝夕とも問答無用で、アトリエから連れ出されるのだ。寝るだけなら空き部屋に寝袋ひとつあれば十分だし、何なら自分で買ったっていい。その方がお互い面倒がないはずだ——。

(ショウのところでも、しょっちゅうダイニングの床に行き倒れてたと聞くが?)

(あれ、はちょっと力尽きただけ、で)

(それで寮でも寝込んだことがあったろう。秋口から冬にやらかしたら風邪じゃすまねえぞ)

じろりと見据えられて、それ以上反駁できなかったのは自分至上最大の失態だ。というよ

り、何でそんなことまで知ってるのか問い質《ただ》したい。

「悪役顔でもいい男だし彼女がいなさそうなのも謎だけど、浅見のおじさんが怖くて逆らえない……っていうのもなさそう、だし。あの顔でコーヒーが苦くて駄目とか、なのに甘いものは歯が溶けそうだから厭とか、謎すぎ」

辿り着いたアトリエでいつもの汚れ避《よ》けを羽織って、晴弥はイーゼルの前に立つ。

ここに移動してから変化した絵は、最近になってまた方向性を変え始めたところだ。正直、自分で描いていても仕上がりの予想がまるでつかない。

どのくらい没頭していたのか、ふっと集中が切れた。短く息をつきその場に座り込みかけて、壁際に鎮座した一人掛けソファへと向かう。

……このソファを用意したのも、浅見なのだ。三日前、晴弥がアトリエにいる時に業者連れで運んできた。

(休憩の時はアレに座れ。何度も言ったが、床はベッドでも椅子でもない)

(……でもおれ、たぶんていうか絶対汚すよ?)

困惑交じりに反論したら、「それが?」とあっさり返された。

「おじさんに言われてやってる、んだよね。じゃあ過保護全体がそういう、こと?」

週末の買い出しでは当然のようにカートを押し、袋詰めも手伝った上で重い方を持ってくれる。休日にいきなりアトリエに顔を出したかと思えば本人は苦手な甘いもの持参で、偉そうに「休憩しろ」と促してくる。——絵に没頭した晴弥が夕食の支度を忘れても、自分で準備し「夕飯だぞ」と呼びに来るだけでけして晴弥を咎めない。

「何ソレ、絶対浅見じゃないじゃん……」

ため息交じりにイーゼルの前に戻って、筆を手にしたところで時間の感覚が飛んだ。気がついた時には背後に浅見の気配があって、もうそんな時間かと思う。

「……おはよ。あのさ、今日休みだしもう少し」

「今日は友達と個展行くんだろ。もう終わって支度しろ」

「えー、でももうちょっとくらい」

「自分で行く気力がないなら手伝うが？」

上から目線で言われて諦めた。こういう時に浅見に逆らってもろくなことがない。結局、今日も差し向かいでの朝食となった。

今日は洋風のワンプレートだ。休日とはいえ、悪役顔の男前が朝からフレンチトーストを焼くとか信じられない。

「残念。仕込んだのは昨夜だ」

「どっちでも一緒じゃん。甘いの嫌いなくせにわざわざ作るとか、何それ信じらんない」

「喜んで食ってるお子様に文句言えた義理か。ついでにこっちのは甘くしてねえぞ」

一矢報いたはずが、見事に返り討ちにされた。む、と顔を顰めて、晴弥は一応お礼とばかりに言う。

「買い物が明日だし、今夜は残り物で作るけど。一応訊く、何かリクエストある？」

「だったら夕飯は外にするか。たまにはいいだろ」

「え、やっぱり今日デートじゃないんだ？　朝帰りだったら一人分でいいからラッキーだと思ってたのに」

「ただの野暮用で悪かったな。ガキが、生意気言うんじゃねえよ」

不機嫌そうに睨まれたのを、首を竦めてやり過ごした。そこに、いつもより低い声が言う。

「とにかく今夜は外食な。友達と別れたら連絡しろ。こっちも片付いた時点でするから、適当に合流すればいい」

「はーい……」

神妙に答えて、フレンチトーストの続きにかかる。好みの甘みに頬を緩めていると、早々に食べ終えてこちらを見ていた浅見と目が合った。

「ちゃんとお願いする誠意があるならお代わりも焼いてやるが？」

「う、……是非オネガイシマス」

「誠意はともかく感謝が足りねえな」

「す、ごく美味《おい》しかったです……だから、その、ありがとうございます？　できればお代わり欲しいです、オネガイシマス」

カタコトの果てに棒読みで、顔が熱いから間違いなく真っ赤だ。その様子で満足したらしく、浅見は片頬だけで笑う。「少し待ってろ」と言うなり席を立ち、ついでのように晴弥の頭を撫でてキッチンへ向かった。

「……兵糧《ひょうろう》攻めとか卑怯《ひきょう》」

「年長者の知恵と言え」

「亀の甲より年の功？」

「塩と唐辛子突っ込んで焼くぞコラ」

これ以上はまずいと察して、晴弥は慌てて口を閉じる。カウンターに立った浅見の手元は見えないけれど、フライパンの中で液体が弾ける音と匂いはちゃんと届いた。

■　■

街中の、休日の人出を嘗《な》めていた。

「田所、大丈夫か？　人多いし、はぐれないように気をつけた方がいいぞ」

「ああ、うん。わかった……っ」

少し先で振り返った篠山に返事をしながら、晴弥は足を速めた。

それでなくとも凄い人なのに、経路が迷路じみているのだ。地下鉄を何度か乗り換えやっと地上に出たかと思えば、街角をいくつも曲がり細い路地を抜けて歩いている。

一瞬でも気を抜いたら終わりだと危機感を募らせているうち、ようやく辿りついた個展会場は細長いビルの四階だった。正直、招待券を貰《もら》っただけでは絶対辿りつけなかったと思う。

幸いにもさほど中は込んでおらず、自分のペースでゆっくり観賞できた。篠山を待たせることもなく会場を後にして、昼食がてら篠山オススメだというカフェレストランに入る。

晴弥には量が多いランチも、文句なしに美味しかった。個展の感想を言い合っているところに食後のコーヒーが届いて、そのタイミングで今さらなことに気付く。ああした個展の招待券を持っていた、ということは。

「篠山は絵とか、興味あるんだ？　もしかして、美術館とかよく行く？」

「まあそれなりに。祖父の影響でさ、とか言っても見るの専門だけど」

「おじいさん、の？」

晴弥は祖父も祖母も知らない。父方は晴弥が幼い頃に亡くなっているし、母方に至っては存在すら聞いたことがない。

何しろ生母の写真すら見たことがないのだ。ただ、自分の顔が生母似なのは知っている。根拠は小学生の頃、たびたび父親から投げつけられた台詞だ。――あのアバズレそっくりな顔しやがって、という。

「今なら言っても大丈夫かな、田所って油絵描いてるよね？　屋号は」

続けて篠山が口にしたのは、晴弥が自分の絵に必ず記しているサインそのままで、つい首を傾げていた。

「趣味でちょっと描いてる、けど。……何でその名前、知ってんの」

屋号も何も、ただの署名だ。浅見の父親から後援を受けると決まった時、「せっかくだから今後は筆名を使うといい」と言われて考えた。あり得ないことにその名前の印まで作ってくれて、以来画材にはそれを押して署名代わりにしている。

「春の広野の騒ぎの時、スケッチブックにその名前の判子が押してあるのが見えた。で、それと同じ屋号が入った絵を祖父が持ってるんだ。一目惚《ぼ》れして即決で買ったって、遊びに行くたび自慢されてる。えーと、あ、あった。コレだ」

言うなり篠山が見せてくれたのは立派な額に入った油絵の写真で、あり得ないことに見覚えがある。まだ寮にいた頃の晴弥が、大学受験準備に入る前に仕上げたものだ。

「……あのさ、その絵ってどこで手に入れたのか訊いていい？」

「知り合いの浅見さんを拝み倒したって聞いたけど。……あれ？　浅見さんて、田所の大家さんの名前だったよな」

怪訝そうな問いに、かえってすとんと納得した。

晴弥の手元に、完成した絵は一枚もない。仕上げた絵には興味がなくなるたちだから、浅見の父親に引き渡すのが恒例になっている。

「それ、本人じゃなくてそのお父さんの方だと思う。……うん、そういえば、売ってもいいかって訊かれた覚えがある、かも」

「あるかもって他人事みたいな」

「寮の呼び出し電話でいきなり言われたんで、てっきり何かの冗談か遊びか、数が多すぎて処分に困ったんだとばかり思ったんだ。そんで、任せるから適当にしてくださいって」

ぽそりと言ったら、篠山は呆れ顔でアイスコーヒーのストローを引っ張った。

「いくら何でも、冗談や遊びはないだろ」

「でも、おれの絵ってただの趣味だよ。中高と美術部にいたけど、中等部では『幼稚すぎて意味不明』、高等部では『閉鎖的で独善的』って顧問から酷評されたし」

結果を出す以前に、学外の展覧会やコンクールの類いに出展したことがないのだ。もともと興味がなかった上に、毎度のように顧問から「恥をかくだけだ」と断言されてまで押し切る気力はなかった。

にもかかわらず、外部受験を決めた高等部での進路相談では向こうから美大受験を話題にしてきたあたり、つくづく意味不明だったと今でも思う。

「そりゃまた、うちのじいちゃんが聞いたらぶちキレそうな……あ、そうだ。なあ、よかったら今度じいちゃんちに遊びに行かないか？　田所に会いたいらしくてさ。何か、前に会ったことがあるって言ってたけど」

「え、嘘。だっておれ、今年の春まで丸六年、寮から出てないよ？」

揃って首を傾げたところで、篠山のスマートフォンが鳴った。

断って席を立った友人の背中を見送って、晴弥は自分の端末を取り出す。届いているのは定例の、正治からのメッセージのみだ。

「田所、ごめん。じいちゃんが倒れたみたいで」

声に顔を上げると、いつのまに戻ったのか篠山が焦った顔でこちらを見ていた。

「いいから早く行ってあげなよ。個展とお昼、つきあってくれてありがとう」

「本当にごめん、また今度埋め合わせはするからっ」

財布から引っ張り出した紙幣を置くと、篠山は飛ぶように店を出て行った。

中身が残ったグラスを前に、晴弥は自分のカップを空にする。会計をすませて通りに出ると、地下鉄の駅を探して電車に乗った。

ひとりで街中をぶらつくより、アトリエで絵の続きをやる方がずっといい。あるいはこの機会に、思い切り手の込んだ料理に挑戦してみるか――。

「そんで浅見を驚かせるのもいいかも。あ、でも今日は外食なんだっけ」

浅見とふたりでの外食は初めてだ。どこに行くんだろうとぼんやり考えながら、いつも通りのバスに乗る。停留所までは数分で、そこから歩いてすぐにマンションだ。浅見はまだ帰っていないはずで、だったら家にいると連絡した方がいいかもしれない。

「いや、ちょっと待て桔平、それは」

そんなふうに思っていたから、バスを降りて歩いてすぐ、マンションを囲む生け垣にさしかかったところで耳に入った声に、瞬間的に足が止まった。自分の胸ほどの高さがある銀木《ぎんもく》犀《せい》を隠れ蓑《みの》に、晴弥はそろりと首を伸ばす。

生け垣の向こう側、駐車場の端に停まった黒い車の横に持ち主の浅見と正治が立っていた。

何で、とまず思ったのはそれだった。だって、同居するようになってからの浅見はほとんど義兄の名前すら口にしない。

「あー……そっか、でも親友で、幼なじみ……」

正治と関わらないのは晴弥の勝手で、浅見には関係のないことなのだ。今さらに思い知って、晴弥はぐっと奥歯を噛む。遠目の浅見が顔を顰めるのを、息を殺して見つめていた。

「……晴弥が面倒だってことくらい、おまえも知ってるはずだと思ったが？」

「面倒って、その言い方はないだろ。晴弥は晴弥で思うところがあって」

「何を思っていようが、あいつが面倒で厄介なのには変わりない。それで十分じゃないのか」

放り投げるような声だと、感じた。身動《みじろ》ぎもできず、晴弥は呼吸を詰める。

「桔平、このところ晴弥とはうまく行ってるって」

「あいつが面倒で厄介だって前提の上でこっちが動くから、平穏に過ごせるだけだ。おまえみたいに妙なフィルターかけて眺めたところで、うまくいくわけがあるか」

「……っ、あのなあ、晴弥といるのが不本意なんだったら何も無理して一緒にいてくれなくても、オレがちゃんと――」

わずかに尖った正治の言葉の、続きはもう音にしか聞こえなかった。

突っ立ったままの晴弥の傍を、配送業者のトラックが過ぎていく。ふと耳に入ったクラクションに、不意打ちのように「まずい」と思った。

今、ここに晴弥がいると浅見や正治に知られたら。あの会話を聞いていたと知られたら、きっとよくないことが起きる――。

考えた、その瞬間に足が動いた。

どこをどう走ったのかも、記憶にない。気がついた時には、晴弥はホームにいて、やってきた電車に乗り込むところだった。人がいない連結部分の近くに嵌まり込むように立って、それでも落ち着かず早々に、次の駅で電車を降りる。

(あいつが面倒で厄介なのには変わりない)

言われ慣れている、台詞だ。当の浅見はもちろん実父や昔の同級生、学校の教師に部活の顧問からろくに話したこともない顔見知りまで、大抵の相手が晴弥をそう評した。

生母だって、きっと同じだ。だからこそ、まだ赤ん坊の晴弥を置いて家を出た。

離婚する際、赤ん坊はよほどのことがない限り母親に引き取られるものなのだと晴弥に教えたのは誰だったか。「なのに置いて行かれたんだ、可哀相《かわいそう》に」と、作ったような気の毒そうな顔で言ったのは。

首を振った時、行き過ぎる誰かと肩がぶつかった。たたらを踏んだ背中を今度は誰かの鞄で叩かれて、晴弥は慌てて歩道の端に寄る。行き交う人に途切れ目はなく、連れと笑い合いながらすぐ傍を過ぎていく。

「独り」だと、何の脈絡もなくそう思った。

たぶん。今この場で晴弥が死んでもきっと誰も気にしない。気付いて騒ぐ人がいても、死体が運び出されて数分もすればあっという間に忘れられる。

……連絡を受けたとして、誰が気にするだろう。正治には恋人がいて、浅見はそもそも晴弥が嫌いだ。実父とその妻などは、かえって清々して終わりだろう。

「う、ん。でも」

それは今に始まったことじゃない。ただ、ここ最近うまくいっている気がしたから――以前のように険悪な空気がなかったから、うっかり忘れていただけだ。

「……余計な期待しても無駄だってわかってたはず、なのになあ。もともと、浅見は好きでおれと暮らしてるわけじゃない、し」

のろりと顔を上げた先、数メートル先にカフェを見つけて晴弥はそちらへと足を向ける。

カウンター席に腰を下ろし、オーダーしたコーヒーには手をつけないまま窓の外を流れる人をぽかんと眺めた。

「出ていくんだったら、浅見のおじさんに言った方がいい、よね」

同居はもう厭だと我が儘を通せばいいだけだ。前のアパートよりもっと遠くに、独り住まいの部屋を手配してもらえばいい。そこで義兄とも浅見とも関わらず暮らして行けば――。

「――、や、だな……」

事務的に考えていたはずが、ぞっと全身が冷たくなった。

自分にも浅見にも選択肢がなくて、だったら仕方ないと思っていた。けれど、それは晴弥にとって都合のいい言い訳じゃないのか。正治の邪魔をしないと言いながら、浅見の負担になっているのなら……。

ふっと気配を感じて視線を落とすと、テーブルの上のスマートフォンに浅見の名前が表示されていた。通話着信だ。

「え、……」

いつの間にか、窓の外は夜に沈んでいた。歩道を行く人の姿に、晴弥自身の姿が二重映しになっている。表示された「不在着信」の横、記された時刻は十九時を回っていた。

「そ、か。夕飯、外食って約束……」

日常的なやりとりが多い浅見からの連絡はほとんどがＳＮＳで、電話が来るのは珍しい。あるいはそちらに何度か連絡をくれて、なのに反応がなかったからかもしれない。

けれど今、どんな顔で浅見に会えばいいのか。

ぐっと奥歯を噛んだ時、またしても画面に浅見の名前が表示された。

できれば今は、浅見に会いたくない。もう少しでいいから、時間が欲しい。

だからといって、このまま無視すれば困るのは浅見だ。正治や自分の父親の手前、晴弥を放っておくことなんかできるわけがない――。

息を吐いて、指先を画面に当てる。スワイプしてから、スマートフォンに耳を当てた。

8

ドアが開閉する音で、目が覚めた。

ベッドの上、くるまった布団に顔を埋《うず》めて、晴弥はできるだけ身体の力を抜く。

近づいてきた足音が、スプリングの軋《きし》みに変わる。途中でふと静止したかと思うと、壁側を向いていた晴弥の頭にそっと何かが触れてきた。優しく撫でて離れていったのはこのベッドの主の手に違いなく、面倒で厄介な居候に何でそんなことをするのかと思う。

隣でベッドが沈むのと前後して、布団をかけ直された。姿勢を変える気配の後は、すっと室内が静かになる。聞こえてくるのは二人分の呼吸音だけだ。

闇の中、晴弥はそっと瞼《まぶた》を上げる。目に入るのは壁だけで、けれど振り返る気にはなれない。

――浅見と正治の話を立ち聞きしてから、今日で丸五日になる。

あの後、晴弥は浅見と合流し、初めてのビストロで夕食にした。必死で装った平静は無駄だったようで、顔を合わせた時点で訝《いぶか》しげだった浅見の顔が見る間に胡乱なものに変わるのがわかった。

（浅見センパイだー！　ここで夕飯ですか？　友美《ゆうみ》先輩とデートだったり？）

問い詰められずにすんだのは、席についた早々にかん高い声が割って入ったせいだ。ぎょっとして目を向けると、こちらのテーブルに二十歳前後の巻き髪の女が近づくところだった。

浅見は、露骨なうんざり顔をした。女の顔をちらりと見たきり、手を振って言い渡す。

（プライベートだ、遠慮しろ）

（やだ、デートの邪魔なんかしませんってばー。待ちあわせですか？　友美先輩はまだなんですよね？　あれれ、プレゼントとか花束のご用意は？　……って、何ですか、その子）

ようやく晴弥を認めたらしい女の目が、一瞬で険を孕《はら》んだのがやけにはっきりわかった。

（プライベートだと言ったはずだが？）

（えー、でも何で男の子と？　だってプロポーズ秒読みだって聞いて）

（おい）

やっと女に目を向けた浅見が、低く制止する。「しまった」という顔をした女はおどおどと謝罪を口にし、悄然とかなり離れた席へと戻っていった。

(……誰?)

(職場の後輩)

会話はそれだけで、食事中も弾まなかった。晴弥は気分が悪かったし、浅見も口数が減った。味がしない食事の間にも、例の女の睨むような視線をやけにはっきり感じていた。

(体調でも悪いのか。おまえ、ろくに食ってねえだろ)

帰りの車中での問いにも、そっぽ向いて「別に」とだけ返した。以降ずっと機嫌が悪いフリで浅見と目を合わせず、会話も最小限に切り上げている。そのせいか、ここ最近は浅見の観察するような視線を感じることが増えた。

「……っ――」

背後で身動《みじろ》ぐ気配の後、いきなり長い腕に抱き込まれて心臓が大きく跳ねる。辛うじて声を堪えて耳を澄ませると、後ろ首のあたりから規則的で静かな寝息がした。

――そういうことは、恋人相手にやればいいのに。

絶対に気付かれないように、晴弥は呼吸を押し殺す。けれどどうしようもない気持ちが、吐息に混じって口からこぼれていた。

「ゆうみせんぱい、って誰」

プロポーズという言葉が出るのは、結婚を前提にした相手がいる時だけだ。なのに晴弥を抱き枕にしているのは最低だと、思う反面そんなの誰も気にしないと知っている。そもそも浅見は自覚していない可能性が高い。

だって、こうして抱き込んでくるのは寝入った頃のことだ。寝る時は必ず離れているし、朝は晴弥が先に起きるから現場を見ることもない。

第一、浅見が晴弥なんか相手にするわけもない――。

「だって、さ」

浅見が本当に好きなのは――ずっと想っているのは、正治だ。

あえて知らないフリをしていた事実を再認識したとたん、心臓の奥が痛くなった。

短く息を吐いて、晴弥は腰に回っていた腕を押しのける。そっと身を起こしてみても、傍らの寝息は静かなままだ。

起こさないよう、ベッドの上を足元に移動する。狭い上に手間だけれど、そうすれば浅見を乗り越えなくてすむ。

足を向けたアトリエの時計は、午前二時を回っていた。どうやら今日も眠れないらしい。

イーゼルにかかったキャンバスは、ビストロに行った日からまったく手が入っていない。

「ど、しよう、かな……」

自分を持て余した時は、絵を描くのが一番いい。ろくに進まない時でも、次に来るはずの「何か」を呼ぶために、小さく色を入れたり削るくらいはできる。

それなのに、ここ最近の晴弥は動けない。どこに何の色を入れ、どこを削るのか。自分がここに「何を」描こうとしていたのかすら、わからなくなった。

スケッチブックと色鉛筆のケースを抱えて、フローリングの床に座り込む。目についた朱《はね》華《ず》色《いろ》を手に取って、なのにそれきり固まってしまった。

「なん、で……?」

これまでなら勝手に色を選んでいた指が定まらず、紙面に「ライン」が見えてこない。瞬《まばた》きを忘れた目が乾いて痛んでも、紙はただ白いままだ。

絵まで描けなくなったらもう、自分の居場所はどこにもなくなる、のに——。

何の脈絡もなく思い出したのは、まだ寮にいた頃に上級生から言われた言葉だ。

(田所ってさ、実はおにいさんのこと好きだよね)

(おにいさんだからとかじゃなくて、恋愛感情ってやつ)

脳裏で響いた声に背中を押されるように、晴弥は紙の上にそっと朱華色を落とした。

■　■

名前も知らない上級生から声をかけられたのは、全寮制の学校に入って二年目の——中等部二年の夏休みだった。

あの学校の寮は長期休暇でもいっさい閉鎖されず、ずっと滞在することができた。だから晴弥は六年間一度も寮から出ることなく、自室か戸外で絵を描いて過ごした。

唯一楽しみだったのは、正治との面会だ。大学生になってすぐ免許を取ったとかで、最低でも二か月に一度と、長期休暇には必ず会いに来てくれた。

もちろん浅見も一緒にだ。そのたび言い合いをしていた晴弥にとって、あの男は邪魔者でしかなかった。

(田所のおにいさんて、いつも一緒に来る人とつきあってんの?)

だから、その上級生からいきなりそう言われた時、晴弥はただぽかんとした。

(うっわ、田所本気で疎いんだ……気をつけないと捕まって食われるかもよ?)

(くわれる……?)

首を傾げた晴弥を見て面白そうな顔をした上級生は、懇切丁寧にこの学校では男同士の「恋愛」も普通だと教えてくれた。それも、プラトニックで終わることはまずないという。

当時の晴弥には青天の霹靂《へきれき》で、だから唖然とするしかなかった。

(でもこの学校、男しかいな……そ、れにショウ兄も浅見も大学生だし)

(去年から見てたけど、田所とおにいさんの親友って人、かなり険悪だよね。なのに必ず面会に来るって不自然だと思わない? 親兄弟でも、仲が悪いとろくに会いに来ないのにさ)

それでなくとも田舎にある学校だから、行って戻るだけでそれなりの時間がかかる。それに毎回付き合う浅見には、そうする目的なり理由があるんじゃないかと彼は言った。

（おにいさんの暇つぶしにつきあうにしたって、わざわざ寮まで来る必要はないじゃん。運転はおにいさんなんだから、途中で降りて帰りにまた合流すればいいだけだし）

何より、と上級生は楽しげに続けた。

（親友って人、田所とおにいさんの間を邪魔してるよね。それって、田所がおにいさん大好きだから――恋敵だから、じゃない？）

最後の一言に瞠目した晴弥を見下ろして、上級生は妙に怪しく笑った。

（田所のおにいさん好きって、恋愛感情だろ。好きで好きで大好きで誰にも渡したくない、いわゆる独占欲ってやつ。いいんじゃない、頑張れば。おにいさんも田所が可愛いみたいだし？　ただ、恋人になるのに親友って人は邪魔だけどさ）

その時、自分がどう答えたのかは覚えていない。けれど、彼の言い分は晴弥の気持ちにも、浅見を含めた関係にも違和感がなかった。だから次の面会の連絡の時には、わざと「浅見は抜きで」と言ってみた。

結論から言えば、浅見はやっぱりついてきた。いつもの言い合いをしながら観察して、晴弥には意地が悪い浅見が義兄にはやたら甘いのを知って――そういうことかと腑《ふ》に落ちた。

その感覚は、五年が経つ今も変わらないままだ。

（ショウにだって都合や事情がある。何でもかんでもてめえの思い通りになると思うなよ）

言葉通り、浅見はいつだって正治の味方だ。義兄の立場を考えて、義兄の都合を優先する。

大嫌いな晴弥の面倒だって見るし、正治があの女とベタベタしていても許容する。

浅見がいつから正治を好きなのか、晴弥は知らない。けれど晴弥が義兄に出会った時にはもう、浅見はその隣にいた。社会人になる今でも、そこが定位置とばかりに必ずだ。

……そんなこと、晴弥には到底無理だ。大好きな人にまとわりつくヤツは許せないし、絶対に奪られたくない。傍にいて見守るなんてあり得ない。

だって、好きな人には自分だけ見て欲しい。他の誰かに目を向けるのも厭だし、自分以外が隣にいるのも許せない。どこも見ずにどこにも行かずに自分のことだけを考えて欲しい。

スケッチブックの上にあった朱華色の先が、鈍い音を立てる。瞬いた後で、晴弥は目の前のページが一色で塗りつぶされているのを知った。

「やっぱり、……」

描けなかった。声に出せない言葉を飲み込んで、先の折れた色鉛筆をケースに戻す。スケッチブックごと元の場所に片付けたところで、背後のドアが開く音がした。振り返って、晴弥は途方に暮れる。

「おはよう。今日はもう終わりか。早いな」

「そういう時もあるだろ。あんたには関係ない」

自分が発した尖った声に、自分でビクついた。落胆と失望が身体の内側で緊張と焦燥にすりかわったようで、言葉が続かなくなる。

浅見はわずかに顔を顰めた。淡々と言う。

「朝食だ。行くぞ」

「おれ、もう少し片付けるから。先に」

「どこをだ。手伝うから言ってみな」

逃げ道を塞《ふさ》がれて、晴弥は渋々腰を上げる。先を行く背中を怖いもののように見つめた。

9

そろそろ限界だろうなと、思ってはいた。

「晴弥。おまえいったい何があった？」

だから、朝食の途中で浅見がそう切り出した時には「とうとう来た」と思った。

「別に。なんにも」

けれど、口に出せたのは素っ気ないその一言だけだ。食事に熱中するフリでわざと顔を上げずにいると、変わらない低い声が続けて言う。

「アトリエの絵。ここんとこ全然進んでねえだろ」

「そういう時期だってあるに決まってんじゃん。あんただって知ってるだろ、あれがこの半年でどんだけ変わったかとか」

「わかった、言い方を変える。おまえ朝早くからアトリエで何やってるんだ」

「絵に決まってるだろ。ここんとこ引っかかってて進んでないだけ」

美味しいはずの浅見の料理が、妙に味気なくなってくる。もっともここ数日は、何を食べても同じような味しかしない、けれども。

「睡眠、足りてねえよな。目の下に隈《くま》浮いてるし。それにおまえ、俺がベッドに入った時まだ起きてるだろうが」

「ロボットじゃあるまいし、そういう日があってもおかしくないよね」

「晴弥。……おい、本当にどうしたよ。おまえこのところおかしいぞ」

ため息をついた浅見が、ふと席を立つ。わざわざ晴弥の横まで来たかと思うと、腰を屈めて顔を覗き込んできた。ついでのように、ぽんと頭上に手のひらが乗る。

「おいコラ。何が気に入らないんだか知らないが、言わなきゃわからねえだろうが」

弱ったような声音に、反射的に顔を上げる。目が合った浅見は困った顔をしていて、それが申し訳なくて――なのに、どうしてか胸の奥に隠していた大事なものを鋭い刃先で引っかかれたような気がした。

……どうしてそんな顔をするのかと思ってしまったのだ。いつもあんなに嫌味で意地悪なのに。晴弥のことを「面倒で厄介」と言い放った、くせに。

そっちが本音ならそれらしくもっと傲然《ごうぜん》と、うんざりしたように言えばいい、のに！

「……気、にいらないことなら、山ほどある、けど⁉　前から何度も言ったはずだけど、いい加減、おれの寝床どうにかしてよ！　アトリエが駄目で寝室はあんたの場所で、だったらここの床でもいいんだけど⁉」

気が付いた時には、晴弥は頭上の手を乱暴に振り払っていた。

「は？　おい待て晴弥、そりゃまた別の話――」

「言いたいことって意味ではおんなじだけど！　どうせ無理なんだよね、だったら言ったって無駄でしかないじゃんか！」

喉の奥からこぼれる声を自分の耳で聞きながら、「違うそうじゃない」と思う。そんなふうに意地悪く考えていたわけじゃないし、責めるような言い方をしたかったわけでもない。

「――……わかった。つまり、俺には言いたくないってことだな」

耳に入った声の、今までになく低い響きにどきりとする。浅見の目は初めて見るくらい無機質で、そう感じた瞬間に全身が冷たくなった。

「近いうち、ショウをここに呼ぶ。日時が決まったら言うから、それまでに言いたいことをまとめておけ」

「な、に……何、でショウ兄、を」

「俺に言えなくてもショウには言えるんじゃねえのか？　だったらその方が確実だろうが」

絶句した晴弥から離れて向かいの席に腰を下ろして、何事もなかったように浅見は食事に戻った。

「話し合いの間、俺は席を外す。結果も結論も、おまえが言いたくなきゃ言わなくていい。場所が気に入らないなら、ショウにどっか連れ出してもらえ」

「……前に、言ったじゃん。おれはもう二度とショウ兄に会わないし、関わらないって」

「ショウの方はそう思ってない。ずっとおまえを気にしてるし、実際会わせろと何度もせっついてきてるぞ。声をかければすぐ時間を取るはずだ。……俺が間に入るのが気に入らないなら、おまえが自分で連絡しろ」

「よ、けいなお世話だからっ。あんたには関係ないんだから、もう放っとけよ……っ」

言いすぎたと、そうじゃないと思った時には遅い。手で口を塞いだ晴弥を、浅見はひどく醒《さ》めた顔で見返してきた。

「確かに関係ないな。けど、だから放っておくってわけにもいかないんでね」

……何も、望んで一緒にいるわけでなし。そんな言葉が言下に聞こえた。

もう無理だと、唐突に悟った。椅子を蹴るように席を立って、晴弥はそのまま玄関先へと向かう。リュックサックを肩に、足先だけ靴に突っ込んで玄関を出た。

ドアを閉じる寸前、「おい」という声が聞こえた気がしたけれど無視した。構わず走って走って、ようやく足を止めた時には知らない通りに立っている。

自分の吐く息が、ひどく忙しく聞こえた。胸元を押さえて、晴弥はきつく奥歯を嚙む。

何で、あんな言い方しかできないのか。どうして人を困らせるのか。どうすれば、ちゃんとできるんだろう。

「どうして、も何も……おれが根っから駄目駄目だから母親に捨てられるし、父親にも」

自分の声を聞きながら、今さらだと笑えてきた。

正治も浅見もその父親だって、知っていることだ。アメリカにいる父親は、「何か」ない限り晴弥のことなんか思い出しもしない。何しろ面倒だという理由で、中等部入学時点で大学卒業までの学費を一括で払おうとしたくらいだ。小遣いだって自動送金で、高等部に上がった時も大学に合格した時も沙汰《さた》がなく、何より六年前から金額が変わっていない。

浅見の父親があれだけ晴弥に構うのは、実父の無関心を知っているからだ。絵の後援はきっと口実に過ぎない。

「ど、うしよ……ど、すれば――」

周囲を見回し、知らない地下鉄駅の表示を見つけて慌てて自分の位置を検索した。大学までの経路を確かめて、そのまま階段を降りていく。だって、他にどこにも行く場所がない。

大学の始業には、まだかなり早い。辿りついた最寄り駅の地上出口で手持ち無沙汰に空を見上げたところで、「あ、田所っ」と声がした。

「お、おはよう……ってまだずいぶん早いよな。何かあった、のか……？」

すごい勢いで駆け寄ってきたくせ妙に気弱に言うのは、例の茶髪ピアスだ。コンビニエンスストア名が入った制服姿で、商品名入りの縦長の旗を抱えている。

「別に。何も」

「じ、じゃあさ、朝食は？　もうすんだ？　奢るから、まだだったらそこで一緒しない？　オレ、これ片付けたら終わりだから！　ちょっと待っててっ」

マシンガンのような勢いに目を丸くした隙に、抱えていたリュックサックを奪い取られた。目の前のコンビニエンスストアに駆け込んだかと思うと、一分ほどで駆け戻ってくる。今度は私服で、肩には晴弥のと本人のらしいリュックサックを下げていた。

「あ、よかった待っててたー！」

「そっちの青っておれのリュック、なんだけど……泥棒？　警察に」

「いや待て返す！　すぐ！　返すからっ」

泡を食った声とともに、リュックサックが戻ってくる。ほっと息を吐いてから、目の前の茶髪ピアス男にしげしげと見下ろされていたのに気がついた。

「……何？」

「え、あ、いやその、だから！　朝飯、そこで一緒にっ。――その、駄目、か？」

すぐ横にあったファストフード店をさして、男が言う。器用にも上目で見下ろしてきた。

押しの強さに引いていたはずが、最後の一言で印象が変わった。「いいよ」と頷いて、晴弥はそちらへ足を向ける。固まった男を置き去りに、コーヒーを買って窓際の席につく。一口飲んで好みじゃないなと思ったところで、トレイを手にした男が遠慮がちに近づいてきた。

「スケッチブックは持ち歩いてないし、持っててても人には見せないよ」

「あ、……おう、それだけどさ。その、オレのせい、だよな？」

ハンバーガーと飲み物とポテトのセットに手をつける様子もなく言う茶髪ピアスに、晴弥は首を竦めてみせた。

「前の学校でもやたら見たがる変な人はいたから、別に。それより食べないと冷めるよ」

「変な人……あ、う、じゃあ」

物言いたげな雰囲気はわかったものの、合わせる理由もない。食事を始めた茶髪ピアスをよそに、晴弥はスマートフォンを引っ張り出す。着信はいつもの正治からのメッセージだけで、ずんと腹の底が重くなった。

期待していた、わけじゃない。今の今まで、浅見からの連絡がどうこうとは思ってもいなかったはずだ。

なのに、――どうして自分は落胆しているのか。

「あの、さ。オレ、田所に用があって」

「……何？」

声に顔を上げると、神妙な顔の茶髪ピアスと目が合った。その後は「あー」だの「その」だの繰り返すだけで時間が過ぎて、胡乱に首を傾げてしまう。

「言いにくいんだったら、別に今じゃなくてもいいと思うけど」

「いやそのまた今度とか言ったらいつチャンスがあるかわかんね――って、だからその、だな。オレ、おまえのこと好きなんだけど付き合ってくれない⁉」

「………は？」

後半の勢いに啞然とした後で、晴弥はようやく意味を理解した。

「あの、さ。見てわかるはずだけど、おれ、男」

「いやもちろん知ってるけど！　でも一目惚れだったんだ、だからその、田所に好きな相手とかいないんだったら、せめて友達からでもっ……っ」

絞り出す勢いの声とともに、テーブルの上に置いていた腕を摑まれる。がばりと身を乗り出した男に、両手ともまとめて握りしめられた。

「初恋なんだ、今すぐは考えられなくてもオレ頑張るから、友達からでいいから！」

「えー……」

振り払えなかったのは、目の前の茶髪ピアスが自分自身と重なって見えたせいだ。相手にその気がなくても近くにいたくて、そのためなら特別じゃなくても構わなくて、けれどそれが叶《かな》うとは思えずに――。

「……え？」

少しずつ形を明確にしていく感情に、けれど晴弥はストップをかける。それはちょっと違わないか。だって晴弥が長年好きだったのは、晴弥を捨てて女を選んだ正治だ。けれど今、思考に上ったのは――。

「田所？」

「え、あ、……うん、あの」

ふっと、視線を感じた。考える前に上がった顔は、何故か他の客がいる店内ではなく窓の向こうの歩道の先へと向かっていき、

「あ、……さ、み？」

そこにいるはずのない、長身の人を認めて全身が跳ねた。

ガラス窓の向こう、電柱に凭《もた》れてこちらを見ていた浅見がゆるりと身を起こす。見慣れた端整な顔が浮かべるのは、けれどこれまで見たことがない種類の無表情だ。

どのくらいの間、見合っていただろうか。ふいと視線を逸《そ》らした浅見が、大股に歩き出す。ほんの数秒で、窓枠から消えていった。

「な、んで……？」

自分の声を耳にした瞬間に、椅子を蹴って腰を上げていた。

「え、田所？　ちょ」

驚く声を背に、晴弥は店の外へと駆け出した。歩道に立って見渡しても、あの長身は見つからない。そもそも浅見だって出勤で、だったらこんなところにいるはずがない、のに。

「――っ、……でんわ！」

すぐさま駆け戻った窓際の席では、茶髪ピアスが固まっていた。晴弥を見るなり再起動し
「え、あの、田所？」と声をかけてくる。

「あの、ごめん、おれ今はそういうこと考えてる余裕がなくて。だから」

告白の、返事もせずに飛びだしてしまったのだ。いくら何でも失礼すぎた。

「いや、それはいいけど……さっきのって」

「大家、さんなんだ。その、出がけにちょっと喧嘩っていうか言い合いして、それで」

「大家さん？　え、あの男前が？」

「うん。それで、ちょっと連絡したくて」

縋《すが》るような目で見られて無碍にもできず、晴弥は必死で言葉を選ぶ。

「――申し訳ない、けど。付き合うとか恋人とか、は、たぶん、無理……」

どうしよう、と思ったはずが、勝手に口から言葉が出ていた。しゅんとなった茶髪ピアスを前に途方に暮れていると、ぽそりと彼がつぶやくのが聞こえた。

「じゃ、じゃあその、せめて友達とか、は？　それも無理、か……？」

断りきれず「友達、なら」と返した。それだけで表情を緩めた彼に申し訳なさを覚えながら、晴弥はそそくさと店を出る。

大学に向かいながら眺めたスマートフォンには、何の着信もない。どうして浅見があそこ

にいたのか、茶髪ピアスに手を握られていた晴弥をどう思ったのか、わからない。けれど、だからといってどうすればいいのか。

だって、晴弥は浅見に嫌われているのに。……望んで晴弥の傍にいるわけでもないのに。

「……、――」

大学の門をくぐり最初の講義がある棟に足を踏み入れるなり、勝手に足が止まる。浅見のナンバーを表示した画面とSNSの浅見のページの両方を、ただ眺めるしかできなくなった。

「あ、田所いた。おはよう、あのさあ、さっき会ったヤツから聞いたけど、あそこのファストフードで広野に手を握られてたって――」

横合いからかかった声に、晴弥はびくりと肩を跳ね上げる。篠山の顔を目にした瞬間、自分の顔があり得ないくらい情けないものになったのが、鏡を見なくてもはっきりわかった。

篠山曰く、あのファストフードでの出来事はすでに一部で広がっているのだそうだ。

「広野が田所にちょっかい出してたのって、結構有名だったからね。自業自得だろ」

「じごうじとく」

「入学オリエン以降何かと絡んでたし、やってることが小学生の好きな子苛《いじ》めレベルだからバレバレ。前に言ったろ？　悪意はないって」

「あれってそういう意味、だったんだ……？」

何とも言えない気分で、晴弥は口に運びかけた箸を下ろした。

今日の昼食も篠山と一緒だ。人の多い学生食堂を避けて、弁当持参で中庭のベンチに陣取る。行き来する者や並びのベンチや芝生に座る者もいるけれど、落とした声が届くほど近くはない。ちなみにいつも彼といる友人は、用があるとのことで別行動だ。

「でもそう陰湿な噂《うわさ》にはならないんじゃないかな。さっきのアレも一緒に広まるはずだし」

「あー……」

午前中最後の講義が終わった直後、まだ学生の大半が残る教室内でわざわざ晴弥に声をかけてきた茶髪ピアス男――広野を思い出す。

（田所、おはよう！　その、今朝はありがとな！）

予想外すぎて固まっていたら、目の前で悄然とされた。慌てて「こっちこそ、その、ごめん？」と返した後の広野の変化は、確かに劇的だったと思う。

「青菜に塩が、今鳴いたカラスがもう笑った、だもんなあ。さすが体育会系、どまっすぐ」

「ええと、おれには耳と尻尾《しっぽ》が見えた、よ……？」

「何それ面白い。さすが田所、そのまんまじゃん」

晴弥が返事をするなり、広野は満面の笑みを浮かべたのだ。その様子は、しゅんと耳と尻尾を垂れていた大型犬がいきなりぴんと耳を立てて、ふっさふさの尻尾を振りたくったようにしか見えなかった。

「今度は昼ごはん一緒にって言われたけど、さ。広野には、おれに関わってもいいことない、んじゃないかな」

「何で？　あいつは本気だろ、オレちょっと睨まれたし」

「だって断った、し。近くにいたらいつまで経っても噂される、んじゃあ」

「それでも田所と接点作りたいんだろ。田所の負担になるならそう言えばいいけどさ」

生来の性分なのか、篠山は言うことがドライだ。周囲にあまり関心がない晴弥が、たまに引っかかりを覚えるくらいに。

「男同士、だよ。篠山は、気持ち悪かったりしない、んだ……？」

言った後で、「やらかした」と気がついた。

寮にいた頃は当たり前だった関係も、外に出てしまえば違うのだ。実際、大学では男同士の関係など聞いたこともない。

人は異端に敏感だし、時に過剰反応もする。そう思って窺《うかが》ったのに、篠山はいつもの顔で最後のサンドイッチを口に運んでいた。

「別に。最近はそう珍しくもないし。恋愛なんか個人的なことで、外野が嘴《くちばし》を容《い》れるもんでもないよね。まあ、オレは女の子大好きだし彼女もいるんでパスだけどさ」

さらっと言われた内容に、正直言って驚いた。そんな素振りを少しも感じなかったせいだ。

「それ同級生？　もしかしておれ、邪魔とかしてる？」

「ないない。年上の社会人だし、会うのは向こうの都合優先なんで。――広野の件だけど、気にしなくていいんじゃないか？　それとも、誤解されたくない相手が学内にいたりする？」

「ずっと前からすきなひと、はいるけど……大学とは関係ない、から」

脳裏に浮かんだのは、ファストフード店で窓越しに見た浅見の顔だ。何を考えているのかまるで読めない、怖いくらい完璧な無表情の。

「でも、……広野に告白された時、浮かんだのは別の人、で」

そう、あの時も。窓の外からの視線を感じる寸前に浮かんでいたイメージは――。

「そっか。今は別の人が好きなんだな」

「それって不誠実って言わない……？」

「は？　田所、その前から好きだった人とつきあってたんだ？」

「そういう意味では全然、相手にされてない……告白も、してない、し」

晴弥の言葉に、篠山は「じゃあ気にすることないだろ」と笑う。

「でもおれ、……そいつのこと嫌いだったはず、で」

「過去形じゃん。田所さ、『好き』の反意語知ってる？　実は『嫌い』じゃないっていう」

「え、……そうなんだ？」

意外さに瞬いた晴弥に、篠山は軽く笑って言う。

「無関心、なんだってさ。好きと嫌いは両極なようで、強い感情があるって意味では同じだって。確かにどうでもいいヤツはすぐ忘れるけど、嫌いなヤツのことはずっと気になったりするだろ？　可愛さ余って憎さ百倍とか言うしさ」

言われて思い出したのは、夏休みまでの自分だ。気になるのは正治のことだけで、他は全部どうでもよかった。

なのに、ここ最近は朝のメッセージでやっと思い出す程度だ。代わりのように、ずっと浅見のことを考えている。今朝のあの時、どう思ったのか。今何を思っているのか、今日帰ってどんな顔をすればいいのかと、それればかり気にしている……。

「でも」

でも、だってそんなはずはない。晴弥が好きなのは正治で、浅見は天敵で、だから同居にも同意した。絶対自分のものにはならない男だから平気だと、そう思ったはずだ――。

最初の気持ちに立ち戻ってみても、胸の中のもやもやは晴れない。自分の気持ちを持て余したまま、晴弥は午後の講義へと向かった。

大学を終えてマンションに戻る頃になっても、浅見からの連絡はなかった。

「でも、まあ……前はあのくらいの言い合いはしょっちゅうだった、し」

窘《たしな》められるたび、猛烈に反発した自覚はある。険悪なまま別れて、再会するなりまた言い合いをしていたことを思えば、浅見にとっては「いつものこと」でしかないのかもしれない。

何となく落ち込んだまま、手早く夕飯の準備をしてアトリエに向かう。イーゼルの前に立ってみてもやっぱり何も浮かんでこなくて、ついため息が出た。その時、ほんの少しだけ――キャンバスを彩る色彩の端っこに、別の色が見えた気がした。

「え、と」

いつもならピンポイントでわかるはずの色は妙に曖昧《あいまい》で、もどかしく色鉛筆のケースを開けた。これと思う色をかざしてキャンバスと重ねてみる。あと少し、ちょっと違う、もっと深い色。そうやって、いつの間にか夢中になっていたらしい。背後でドアが開く音に、文字通り背すじが跳ねた。

「あ、……おか、えり」

擦れて歪んだ声に気付いたのかどうか、まだスーツにネクタイ姿の浅見は怪訝そうにした。

「また根詰めてんのか。夕飯は？」

「すぐ仕上げる、あんたは先に着替えてくれれば？」

「晴弥？」

片付けも早々に、そそくさと浅見の横をすり抜けた。面食らったような声は聞こえないフリでキッチンに直行し、料理の仕上げをする。テーブルに皿を並べる頃には、着替えた浅見が席についていた。

「少しは進むようになったのか？」

食べ始めて間もなくの問いに、晴弥は曖昧に頷く。

「少しずつ、だけど。たぶん、これからまた動くと思う」

「そうか。だったらいい」

「あの、さ。今朝は、ごめん。厭な言い方、した……」

どうにも気になって、落ち着かなかったのだ。浅見にとってどうあれ、ちゃんと謝っておきたかった。

「……は？」

「いや？　悩みが解決したようで何よりだ。ガキのくせに生意気に、恋患いだったわけか」

予想外の言葉に瞬いた晴弥に目もくれず、浅見は肩を竦めて食事を続ける。

「いつからつきあってるんだか知らないが、喧嘩もほどほどにな。あと、約束があったなら今後は早めに言え。無用な詮索はしない」

数秒の間合いの後で、妙にゆっくり思考が回り出す。

「……なんで、そうなんの。おれがショウ兄のこと好きなの、あんたよく知ってる、よね？」

「ショウには恋人がいるだろ。もう関わる気もないようだし、だったら別の相手がいてもいいんじゃねえか」

「それ以前に、広野もおれも男なんだけど。そのへんどう思ってんの」

自分の声を聞きながら、けれど晴弥の内側は置き去りにされたままだ。テレビか映画でも見ているような心地だった。

「どう思うも何も、本人が望むものを他人がねじ曲げても意味ねえだろ」

即答に、鳩尾《みぞおち》のあたりがずんと重くなった。

晴弥がどこで何をしようが――誰とつきあおうが、浅見にとってはどうでもいい、わけだ。

その認識が、針の先みたいに深く奥まで刺さってきた。

「あんた、さあ。おれの気持ちがその程度だと、思ってるんだ？」

箸を止めた浅見が、怪訝そうにこちらを見る。今日初めてまともに目が合って、とたんに晴弥の内でわけのわからない衝動が襲った。

「ずっと、好きだったんだ。今すぐは無理でもいつか絶対恋人になるんだって、中等部の時から思ってた。――そういうおれの気持ちが、そんな簡単に他に移ると思うんだ？」

「……晴弥？」

「気分悪い。もう夕飯いらない」

眉を顰《ひそ》めた浅見に正面から言い捨てて、晴弥は席を立った。まっすぐに向かったアトリエのドアを背中で閉じて、そのドアに後ろ頭をぶつける。

「……何、それ。馬鹿じゃん、おれ。恋患い、って」

そこは図星だ。ここ数日の晴弥は確かに恋患いで、だからおかしくなって今朝の奇行が出た。それを「何もなかった」フリで受け流してもらって、文句なんか言えるわけがない。

恋患いの相手が、浅見でさえなければ。

ぐっと奥歯を噛みしめた脳裏に浮かぶのは、胡乱そうだった浅見の顔だ。

本当は優しいんだと知って、その後で一緒にいると安心だということに気がついた。今朝のあの騒動で、正治より浅見の方を気にしている自分を知った。

……だから、今朝のあの光景を浅見がどう思ったかが気になった。連絡が来るかもしれないと、一日ずっとスマートフォンの反応に神経を尖らせていた。

「でも、……今さら、だよね」

だからって、今になって本当のことが言えるわけがない。晴弥がどれだけ正治を追いかけていたかを、一番知っているのが浅見だ。それを、今は浅見の方が好きだとか。晴弥が浅見だったら絶対に「何だそれ」と呆れる。「馬鹿じゃないのか」とうんざりする。

それに――浅見にはもう、結婚を前提にした恋人がいる。

正治への気持ちを浅見がどう処理したのかは、わからない。けれど年齢や立場を思えば無理もない選択でもあって、晴弥に何か言えるわけもない。

今になって気がついても、無意味なのに。

ドアに凭れたまま、晴弥はずるずると座り込む。

背後の廊下は、しんと静かだ。追いかけてきてもくれない事実を知って、喉の奥から苦い笑いがこぼれた。

■　■

ボタンの掛け違えとは、最初にやった間違いに最後になって気付く、という意味らしい。

「——晴弥？　どうした、今朝はアトリエには」

「適当に食べるから朝食はいらない。おれ、もう大学行くから」

翌朝、いつものようにアトリエに行くらしい浅見と、玄関先でニアミスをした。

とはいえ、タイミング的には予定通りだ。すでにスーツに着替えていた浅見は、リュックサックを背負って靴を履き終えた晴弥の返事に胡乱そうな顔をした。

「は？　何だそれ、どういう」

「今後、おれの朝食は作らなくていい。夕飯は支度するけど、帰ったら適当に食べて。それとおれ、今夜からアトリエで寝るから」

「……馬鹿言え。おまえ、布団もなしで何を」

「おれが勝手なのはいつものことじゃん、気に入らないなら追い出せば？」

言い放って、そのまま玄関を出た。急ぎ足でバス停に走って、ちょうどやってきたバスに乗る。窓際の席に座って、溜めていた息を吐いた。

……昨夜、晴弥はアトリエでまったく進まないキャンバスを前にして過ごした。

気まずいのと同じくらい、惨めな気持ちだった。自分の言動を後悔もした。けれど、ある意味安堵もしていたのだ。これで、今夜はアトリエで寝られると思った。

なのに、定刻にやってきた浅見に荷物担ぎで連れ出され、寝室のベッドに放り込まれた。

（逃げたら縛り上げるぞ）

無表情に言われて、動けなくなった。それきり出ていくのを見届けてほっとしたのに――浅見の方が別の場所で寝るんだとばかり思ったのに、日付が変わる前にベッドに上がってきたのだ。壁際にくっついて息を殺していた晴弥にさすがに触れることなく寝入って、そのくせ三十分後にはやっぱり抱き枕にされていた。

義務や責任感にしたって行きすぎだと思ってから、気がついた。浅見にとって、今日も昨日もその前もさほど変わりないんじゃないのか。

……役割上放っておくわけにはいかないという、意味で。

食欲がなかったからどこにも行かず、大学最寄り駅のホームのベンチで時間を潰《つぶ》した。いつも通り大学の門をくぐったとたん、背後から元気な声がする。

「田所、おはよう！　その、今日は元気か？」

「おはよう。体調は、まあまあ？　ここで何やってて……ああ、誰か待ってるんだ？」

広野だ。今日も左右の耳にずらりとピアスをぶら下げて、茶髪をあちこちに跳ねさせている。首を傾げた晴弥を、赤い顔で見下ろしてきた。

「うぁ、う……まあ、そう。ええと」

「そっか。じゃあおれ先に行くから」

「いや待って、その、実は田所を待ってて！　だってその、いつも篠山と一緒だし、さ」

泡を食ったような声で呼び止められて、反応に困る内容を宣言された。そのタイミングで、広野の背後から篠山が顔を出す。

「ふたりきりは、田所的にNGだと思うけど。……だよね？」

「え、うお、何で篠山がっ」

仰《の》け反る広野をよそに、篠山が晴弥を見る。なので素直に頷くと、またしても広野が見えない尾を垂れてしまった。

「ええと、……じゃあ篠山と、広野も一緒に？」

「え、田所それでいいんだ？」

頷き切れないものはあるが、目の前でこうも落ち込まれて平然と流すのは無理だ。結果、その日は講義の間の移動も昼食も広野つきになった。

場所は大学構内の中庭だ。北門から近い弁当屋で買い込んだものの、ベンチに空きがなかったので花壇の煉瓦《れんが》に腰掛けて食べている。広野からの訴えにより、晴弥の位置は真ん中だ。

「寝袋？　急に何でまた……え、田所が使うんだ？」

「変、かな。今日には手に入れないと困るんだけど」

「いや、変じゃないけど。今日？」

言葉の割に、篠山の顔も声も訝しげだ。箸まで止めて、まじまじとこちらを見ている。反応に困りながら頷くと、今度は逆側から声がした。

「えっ」

「オレ知ってる。その、講義終わった後に時間あるなら、店まで案内するけど？」

「そっか。広野、意外にアウトドア系だったっけ。でもオレ今日は空いてないんだよなあ」

「篠山はいなくていい。オレがちゃんと案内とレクチャーする」

「いやそれかえって気になるんだけど」

予想外の展開に瞠目した晴弥を真ん中に、篠山と広野が言い合いに突入する。喧嘩には聞こえないが牽制なのはわかって、どうしたものかと迷いつつ会話の行方を窺った。結果、二分過ぎても終わらない様子に、思い切って口を開く。

「あの、さ。おれ、買い物だけすませたらすぐ帰る、けど。それでもいいんだ？」

「もちろん！　その、他に欲しいものがあれば何でもつきあうし荷物も持つし！　あと、ちゃんと田所んちまで送るからっ」

「そこまではいいよ。おれ、子どもじゃないし平気」

喜色満面に言った広野に間髪を容れず答えたら、数秒表情が固まった。あれ、と首を傾げていると、逆側の篠山が笑う気配がする。

「篠山……？」

「オイ。いい加減にしとけよ」

「ごめんごめん。でもさあ、広野も覚えといた方がいいよ。田所ってこれが通常運転だから」

尖った声で唸《うな》っていた広野が、篠山の言葉で顔を顰める。それが気になって、晴弥は言う。

「えーと？　ごめん、何か気に障ったんだったら別にいいよ。できれば店の場所だけ教えてもらえると助かる――」

「いやちゃんと案内する。最後の講義、一緒だったよな？　終わった後でいい？」

妙に必死な様子に、晴弥は「そっちに無理がないなら」と頷いた。

10

寝袋は、無事買うことができた。

広野《ひろの》が案内してくれた先は、街中にあるアウトドア専門店だ。広い店内にはテントや防水シートや折り畳みガーデンセットその他用途の見当もつかないものが並んでいたけれど、「家の中で布団代わりに使う」と伝えると広野は迷うことなく数種類の中のひとつを選んでくれた。

「何で家の中？　布団代わりって、引っ越しでもすんの？」

「や、そうじゃない、けど」

会計前の品物を抱えて移動中、横合いから躊躇《ためら》いがちに聞かれて晴弥《せいや》はいったん息を止める。ゆっくりと吐き出して続けた。

「近いうち引っ越す、から。そっちでも使うのと、いろいろあって」

「そっか」と返してきた広野は、けれどまだ何か聞きたそうな顔だ。それに気付かないフリをしながら、晴弥は少々反省する。

すっかり失念していた。寝袋云々《うんぬん》の前に浅見《あさみ》の父親に連絡して、引っ越しの希望を伝えるべきだったのだ。

「……うん。でも、引っ越してまた使う、し」

今買っておけば、新しい部屋で布団を買う必要がなくなるはずだ。自分に言い聞かせて精算を終えて、晴弥は軽いはずなのに変に重い荷物を手に店を出る。「持つぞ」との広野の気遣いは、丁重に辞退した。

「田所《たどころ》、さ。その、もう帰るのか？」

「え？」

歩き出してすぐに目に入ったのは、前に篠山《ささやま》と来た文具店の看板だ。こんなに近かったのかと瞬《しばたた》いている時に落ちてきた問いに、晴弥は顔を上げる。捨てられる寸前の犬みたいな顔をした広野と目が合った。

「えっと、じゃあちょっとお茶する……？　その、長居はできないけど、それでよければ」

「おう」

とたんに満面の笑みを浮かべた広野に、さらなる罪悪感を覚えてしまった。とにかく店を探そうと周囲を見回した時、急に背後から肩を叩《たた》かれる。

「ちょっときみ、いい？」

怪訝《けげん》に振り返ると、真後ろに巻き髪の女がいた。元は悪くないだろうに、あからさまな顰《しか》めっ面で台無しだ。

「この間浅見センパイと一緒にいた子よね？　今、センパイのところで居候してるっていう。ねえ、いつまでいる気なの？」

「……あんた、誰」

「あたしは浅見センパイの職場の後輩よ！　友美《ゆうみ》先輩ってわかるでしょ？　浅見センパイの恋人の！　すっごい美人で優しくて仕事もできて、滅多にいないくらい素敵な人で、いつもお世話になってるの！」

妙に力んだ口上の途中で、先日浅見と初めて外食した時に絡んできた人物だと気がついた。

あの時、『恋人』も『プロポーズ』も否定しなかった浅見を思い出して、ひどく苦い気分になった。

「で？　おれに何の用」

「だから邪魔しないでって言ってるの。だいたい赤の他人が居候なんておかしいじゃない！　友美先輩、やっと出向から戻ってきたのに浅見センパイとスケジュール合わなくてデートもできないのよ？」

「……本人に言えば。おれには関係ないだろ」

あえて冷めた口調で言ってみたら、最悪なことにヒートアップされた。

「あるから言ってるのよ。何するか目を離せないからって、浅見センパイ、このところ集まりにも顔出さないのよ。それでなくとも友美先輩となかなか都合が合わないのに」

「……それで？　おれにどうしろって？」

「とっとと出て行けばいいのよ。センパイが優しいからって甘えるのもいい加減に――」

「何の話をしてるのかなー？」

言い募っていた女が、ふいに割って入った声でぴたりと黙った。反射的にそちらに目を向けて、晴弥は瞬く。

篠山と文具店に来た時に会った、ショートカットの女性だ。呆《あき》れ顔で、今の今まで晴弥に詰め寄っていた女を見据えている。そのすぐ傍《そば》で固まっている広野を認めて、そういえばいたんだったと遅ればせに思い出した。

「まだ就業時間内よね。どうしてこんなところにいるの？」

「あ、あの、お使いを頼まれて」

「そう。で、そのお使いにそこの彼は関係ある？」

「……ない、です……」

「そうよねえ」

にっこり笑顔で言う女性の、声にも表情にも圧はない。けれど女にとっては別だったようで、少し慌てたように言った。

「友美先輩、こそ、今日は午後休みでもう帰ったんじゃあ」

「忘れ物を取りに戻ったところだけど、課長がね。お使いの帰りが遅いって言ってらしたから、早く戻った方がいいんじゃない？」

「あ、う……はい」

別人のような殊勝さで、女が女性に頭を下げる。じろりと晴弥を睨《にら》んでから、踵《きびす》を返して離れていった。

「ごめんなさい。何か迷惑をかけたのよね？」

「いえ、……あなたには関係のないこと、なんで」

つまり、この女性が「友美先輩」――つまり浅見の恋人だったわけだ。思うだけで胸が痛くなって、けれどさっきの様子では目の前の人が指示したとは思えない。

噛《か》み合わない気分で素っ気なく返したのをどう思ってか、彼女はにっこりと笑った。

「晴弥くん、よね。今は急ぎ？　もしよかったらお茶でもご一緒しない？」


何がどうしてどうなって、こういう状況になったのか。

「勝手言ってごめんなさいね。せっかくお友達と一緒だったのに」

「いえ」とだけ返事をして、晴弥は手持ち無沙汰《ぶさた》にカップを手に取った。つい、離れたカウンター席にいる広野を見てしまう。

断り切れず、一緒に近くの喫茶店に入る結果となったのだ。ついてきた広野はと言えば早々に自己申告して、ひとり離れた席についている。

「その、聞いていいですか。何でおれの、名前――」

初めて会った時、浅見は晴弥を「弟モドキ」としか言わなかったはずだ。気になって訊《き》いてみると、彼女は「ああ」と柔らかく笑う。

「勝手に名前を呼んでごめんなさい。そういえば自己紹介もまだだったのよね。遅れましてだけど、わたし水野《みずの》友美と言います。浅見くんの同僚っていうか、社内では先輩なの」

にこりと微笑《ほほえ》む様子に、何となく芙蓉《ふよう》の花を連想する。それも、白い花の中心だけが桃色に染まったやつだ。ふわりと柔らかい風情なのに、風に流されてもしなやかに戻っていく。

「晴弥くんの名前は、浅見くんじゃなく南原《なんばら》くんから聞いたのよ。ずいぶん前——まだ学生の頃だけど、全寮制の学校にいるから定期的に面会に行ってるって。つまり、大学でも先輩後輩だったんだけど」

同じサークルにいたこともあって、話をよく聞いていたのだそうだ。その頃に写真も見せてもらっていたから、先日出くわした時にすぐわかったという。

「名前で呼ばれるのは厭《いや》？　だったらやめるけど」

「いえ、……別に。あの、何かおれに用があるんじゃあ？」

問いながら、すとんと納得する。話したのも写真を見せたのも、正治《しょうじ》なら納得だ。

「用っていうより興味かな。しょっちゅう話を聞いてたのに会えなかったから、ずっと気になってたの。あと、さっきの彼女のことで何か迷惑かけてるんじゃないかって」

「……きょうみ」

ふだんの晴弥なら、間違いなくむっとする台詞《せりふ》だ。なのに今は、気が抜けたみたいに「そうなのか」としか思わなかった。

「確認だけど、さっきの子に絡まれたのは初めて？　それとも前にもあった？」

「直接は、初めてです。浅見、さんといる時に、浅見さんに絡んでるのなら、一回」

「で、さっきみたいにプライベートに口を挟んだのね？　何度も注意したのに全然聞いてないってことね……ごめんなさい、気分悪かったでしょう？」

申し訳ないとばかりに頭を下げられて、正直面食らった。

「いや、その……浅見、さんの今後を考えた時におれがいると邪魔なのはわかってる、んで。大学も、まだ三年以上残ってる、し」

「それは当事者同士の話で、他人が横からどうこう言うことじゃないわよね。そもそも浅見くんなら同居するって決めた時点で先のことくらい考えてるはずよ。それは晴弥くんの方がよく知ってるでしょう?」

「え、——」

咄嗟《とっさ》に、返事が出なかった。同時に、この人は全部知っているんだと——やっぱり浅見の恋人なんだと改めて思い知る。

……晴弥はこの人の名前どころか、存在すら知らなかったのに。

言葉が出ず俯《うつむ》くと、カップに添えた彼女の指が目に入る。きれいに整えられた爪が、天井の照明をわずかにはじいているのがわかった。

「南原くんの義弟ってことは、浅見くんには従弟《いとこ》になるわけだし。やっと構えるようになったのを放っておくわけがないわよねえ」

企《たくら》むような笑みで言われて、反射的に顔を上げていた。

「——、……あ、の。それ、って」

「あ、心配しなくて大丈夫よ。南原くんには内緒にしておくから」

ね、と秘密めいた素振りをされてどうにか笑って返しながら、これまで抱えていた小さな違和感が次々と氷解していくのを知った。

例えば、浅見の父親が後援を切り出してきた理由。渋々それに乗ったはずの実父が、以降晴弥に関するほとんど全部を丸投げした意味。

そして、浅見が晴弥との同居を決めた経緯――。

肺の半分が潰《つぶ》れたみたいに、うまく呼吸できなくなった。思考までまとまりがなくなって、だからその後友美と何を話したのかも覚えていない。気がついた時には席を立ったその人に、きれいで優しい笑みを向けられていた。

「つきあってくれてありがとう、楽しかったからここはご馳走《ちそう》させてね？　そうそう、もしまたあの子が妙なことを言ってきたらいつでも私に――だと叱られそうだから、浅見くんに言ってね。遠慮は無用だから」

精算を終えた友美が店を出るのを見送っていると、広野が飲み物持参で席を移ってきた。

「田所ごめん、ここ座っていい？」

「……うん、どうぞ」

「ごめんな、その、オレ年上の女って苦手でさ……うち、姉ちゃんが三人いるんだけど、ちっさい頃から敵《かな》わなくて。その、さっきの人はまだ平気なんだけど」

その前に絡んできた巻き髪の女のダメージが大きすぎた、ということらしい。

「気にしなくていいよ」と笑いながら、そうしている自分を他人みたいに感じた。

「じゃあ明日！　またな！」

ぶんぶんと手を振る広野と駅前で別れてから、晴弥は目についたファストフード店へ向かう。飲み物を手に窓際の席につくと、スマートフォンを操作して浅見の父親の連絡先を表示した。一度も自分からかけたことのないそれを数秒眺めてから、発信の文字をタップする。

コール音が十を数えても、応対はなかった。

「今日は平日、だっけ。じゃあ夜、かな。でも」

今日。このまま浅見のマンションに帰ってもいいのか。

ぽつんとそう考えて、同時に浮かんだのは先ほど別れた友美の柔らかい笑みだ。

……結局、どこにいても晴弥は邪魔者でしかなかったわけだ。

正治のマンションにいた時も、浅見のところに行っても。どちらも口に出さなかったから知らなかった、だけで。それはつまり、言っても無意味と判断されていた、ということで。

「うん、ショウ兄の時は確かに。知ってても邪魔、しただろうし」

だから、正治は晴弥に本当のことを言わなかった。だったら浅見にすれば論外、だろう。ちゃんと考えていると友美は言ったが、だったらあと三年半はそのままでいるつもりなのかもしれない。晴弥の卒業後に結婚すれば、わざわざ知らせる必要もない。

「イトコ、とか言ったって……ショウ兄も浅見も言わなかった、し。ああそっか、社会人になるまでは面倒見るのが一応親類の義理とか、そういう……？」

蚊帳《かや》の外に置かれるのは、慣れている。父親が正治母子を連れ帰った時も、全寮制の学校への入学も、晴弥に知らされたのは全部決まった後だ。それで従わなければ我が儘《わがまま》で厄介で、自分勝手だと叱られた。

居場所なんかどこにもない。知っていたから、正治の傍にいたかった。初対面で晴弥の頭を撫《な》でて、笑顔で褒めてくれた人といるのが一番安全で安心だった。

そして、今いる場所は最初から晴弥のものではなかった。そんなの、言われなくても知っていたはずだ。

「どこまでいっても馬鹿じゃん、おれ」

何が、どうして、どうなって――こんなふうになってしまったのか。

しがみついて泣き喚《わめ》いたら、少しは違うだろうか。きっと正治は来てくれるだろうし、浅見だって面倒な顔はしても放置まではしない。

でも、そんなの意味がない。かえって嫌われるのは目に見えているし、浅見なんかはだから面倒で厄介なんだと面と向かって言うに決まってる。

「だったらもう、……どうしようもないじゃん」

鶏が先か、卵が先か。そんな気持ちで口にしたら、それがすとんと腑《ふ》に落ちた。

そう、逆なのだ。大事なものが残らないから厄介で面倒なのではなく、そもそもが面倒で厄介だからみんな離れていく。メビウスの輪のようなもので、どこをどう巡っても晴弥の傍には誰も残ってくれない。

――いい加減、諦めよう。

静かに落ちてきた決心に、晴弥はしばらく呼吸を止める。

何もかも、諦めよう。だって最初から、全部晴弥のものではなかった。たまたま近くにいるように見えただけで、最初から手の届くものではなかった。

諦めて手放して、……あとはひとりで生きていこう。正治や浅見とは卒業まで顔を合わせないよう細心の注意をして、就職はできるだけ離れた土地で探す。引っ越した後でスマートフォンを解約すれば正治との繋《つな》がりも完全に切れるし、その頃には向こうだって晴弥のことなんか忘れているはずだ――。

「ああ、でもそういやおれ、食材用の財布、持ったまんまだ。これ、返しとかないと……」

気がかりに顔を顰めながら、もう一度スマートフォンを操作する。コールが留守番電話に繋がるのを待って、「またかけます」というメッセージだけを残した。

共用の財布の中身は、少し悩んできっちり二等分した。全部置いてきてもよかったけれど、何となくそれでは浅見が気にするように思えたせいだ。

半分を元の共用財布に、残り半分を自分の財布に押し込んだタイミングで、バスの車内アナウンスが響く。降車ボタンを押してすぐに、車は見覚えのある景色で停車した。

いつもの停留所に降り立って、晴弥は小さく息を吐く。

最寄り駅に着いた時はまだ明るかったはずの空は、すっかり夕焼けに染まっていた。寄り道が長引いたせいか、時刻はいつもよりかなり遅い。それでも浅見が帰る前に、マンションに行って戻るには十分なはずだ。

——共用財布と合鍵を、返しに来たのだ。そもそも晴弥のものじゃないし、出ていくなら返して当たり前でもあるし、……何より晴弥自身のけじめでもある。

背後で昇降口を閉じたバスが、ゆっくりと発車する。それを見送った後で、今日という日の間の悪さを厭というほど思い知らされることになった。

「あ、晴弥くんだ！　待ってたのよ、今日は遅かったのね。何かあったの？」

甲高い声とともに駆け寄ってきたのは、もう二度と会うはずのなかった相手——名前すら忘れた正治の恋人だ。露骨に顔を顰めた晴弥に頓着せず、しまりのない顔で笑う。

「よかったー。聞いてた時間過ぎても帰らないからどうしようかと思ってたの。久しぶり、元気だった？」

「……何の用があって、何しに来た。っていうか、何であんたがこんなとこにいんだよ」

見上げる仕草の馴《な》れ馴《な》れしさに、返す言葉が鋭く尖《とが》る。同時に、つい先日の浅見の台詞を思い出した。

「それはもちろん、晴弥くんに話があったから。それよりあそこのマンションて桔平《きっぺい》さんのおうちよね？　もう暗いし、せっかくだから中でお話ししない？」

（近いうち、ショウをここに呼ぶ）

あの時、はっきり断ったはずだ。それに話題になったのは正治であって、この女じゃない。

「……はあ？」

当然のように言う女が、今度こそ宇宙人に見えた。次いで、「桔平さん」という呼び方と今の状況が一直線に繋がった。

聞いていた時間とこの女は言ったが、晴弥の帰宅時刻を知っているのは浅見だけだ。その浅見は晴弥がこの女を嫌っているのを承知しているはず、で。

「ああ、……そっか。なるほど」

「晴弥くん？　ねえ、早く」

「あいにくあそこはおれんちじゃないんで。入りたきゃ、浅見が帰るのを待てば」

「え、何で？　晴弥くん、もしかして合鍵貰《もら》ってないの？」

不思議そうな問いに、こういうところが嫌いなんだと再認識した。容赦なく、晴弥は女を睨みつける。

「合鍵があるからって、他人を勝手に入れられるかよ。で？　用があるならとっとと言えば」

「用って、あの……ショウくんが、ずっと晴弥くんのこと気にしてて、なのに会えないし電話にも出てくれないしメールにも返信がないっていうから、気になって」

「だから何。あんたには関係ないだろ」

言い放ったとたん、女は顔を強《こわ》ばらせた。眉尻を下げ、自分の襟元を摑《つか》んで言う。

「そ、……あの、あたし晴弥くんに何かした？」

無言のまま、晴弥は女を一瞥《いちべつ》する。とたん、女の目元に険が浮かぶのがわかった。続く声も、先ほどより尖って響く。

「言ってなかったけど――ショウくんも言ってないみたいだけど、あたしショウくんからプロポーズされて、アメリカのご両親ともスカイプでお話しして許可をいただいたの。結婚式や披露宴の予定を決めようって話になってて、もちろん晴弥くんにも出席して欲しいんだけど……晴弥くん、お義父《とう》様と喧嘩《けんか》してるわよね？」

「――、……」

「ショウくんともだけど、お義父様ともそろそろ仲直りしない？　あたしでよければ仲立ちさせてもらうから。ね？」

「余計な世話だ。とっとと帰れ」

即答で切り捨てると、女は露骨に表情を変えた。いかにも必死な素振りで声を高くする。

「待っ、ど――どうしてそんな言い方するの？　一言謝ったらいいだけでしょう？　お義父様と、ずっとまともにお話しもしてないって聞いたけど、拗《す》ねてても何も変わらないじゃない！　いつまでもそんなことやってるから、お義父様だって晴弥くんを結婚式に招《よ》ばなくていいなんて――」

「余所《よそ》の親子関係に首突っ込んで何したいわけ。引っかき回すのがそんなに面白いんだ？」

「な、んでそんな――あ、たしはただ、せっかくの結婚式だから……ショウくんだって、ご両親と晴弥くんが揃《そろ》って出席してくれた方がきっと嬉《うれ》しいからっ……仲直りしてくれるんだったら、それまでお式を延期してもいいって、そう思って」

「そりゃまたゴシンセツに。――あんたみたいなヤツを偽善者って言うんだよな。頼んでもないことに勝手に首突っ込んで、自分はいいことをしてるってひとりで悦に入ってるけどこっちにはただの迷惑っていう」

「な、ん」

絶句した女をまっすぐに見据えて、晴弥は改めて「嫌いだ」と思い知る。

見ているだけで腹が立つ。むかついて苛立《いらだ》って、傷つけてやりたくなる。そうでもしないと絶対、言った通りのことをやらかすに決まってる――。

「それよりあんた、また勝手におれの画材使っただろ」

まずはと言い放ったとたん、女ははじけたように顔を上げた。それを睥睨《へいげい》して続ける。

「百色の色鉛筆。ご丁寧に全部削るとかシール貼るとか、おまけにかなり短くなってるのもあったし？　完全に自分のものにしてたわけだ」

「だ、だって晴弥くんはもういらないって……捨てていいって言ってたって聞いて、そんなの勿体《もったい》ないし色鉛筆が可哀相《かわいそう》だと思った、だけで」

「よく言うよ。おれがショウ兄のマンションにいた頃だって何度も無断で使ってたくせに」

鼻で嗤《わら》ってやったら、女は青くなっていた顔を一気に赤くした。

「それはちゃんと謝ったじゃない！　だって百色なんてすごくきれいで、あたしが持ってない色がいっぱいあって、だからつい……ほんのちょっと借りただけで」

「自分が持ってなくてきれいだから、持ち主に無断で使ってもいいわけだ。挙げ句の果てに好き勝手使い荒らしたまんま返して寄越《よこ》すとか、それ泥棒とどう違うわけ」

「だ、だってあれ、すごく高価だし……だからちゃんと全部、きれいにして返したじゃない！先だって全然尖ってなくて、あんなの使いにくい……」

「すごく高価だから、おれは中高の六年近くかけて少しずつ集めて大事に使ってたんだけど？　どう使おうがおれの自由で、あんたが使いにくかろうが関係あるかよ。――ま、こないだ全部捨てたけどさ。泥棒が使ったようなもん、触りたくもないし？」

無駄とばかりに、女の言い分を遮った。

絶句した女が、小刻みに喉を引きつらせて言う。

「捨て、って……何それ、ひどい……」

「おれがひどいんだったらあんたは最低だろ。社会人なら新しいのを買って返すくらいするもんじゃないの？　それが無理でも短くなった分だけ補充するなり、詫《わ》びの手紙入れるなりできたはずだ。それもなしできれいにしてやったって開き直るような女のどこがいいんだか、ショウ兄の趣味疑うね」

正治の恋人だというだけで、きっと存在そのものにむかついた。気に入らないと態度で見せただろうと、自分でも思う。

けれど今、こうも攻撃が止まらないのはそのせいじゃない。晴弥はこの女そのものに苛立っている。

「だ、で、でももうじき家族になるのよ？　ショウくんの弟ならあたしにも弟で、だったらそのくらい」

「あんたみたいなのが姉とか、願い下げだね。気色悪すぎて鳥肌が立つ」

あまりの言い分に、つい喉の奥で嗤ってしまった。

「ショウ兄――正治サン、でもないか。南原サンから聞いてるかはどうでもいいけど、もともとあの人とおれは赤の他人なんで。先におれをいらないって言ったのはあっちだし、もう無関係なんだよね。あんたみたいのが義理の姉にならなくて本気でラッキーだ」

「だ、から！　どうしてそんな勝手ばかり言うの⁉　ショウくんがどれだけ晴弥くんのこと心配してるか、少しくらい」

「二度と会わないし関わらないってのは本人に直接言ったし？　さっきも言ったけど、先におれを捨てたのは南原サンの方だ。ついでに原因はあんただしな」

理不尽でも、間違っていてもいい。この女だけは許せない。だから、真正面から視線を合わせて言い切った。

「婚約でも結婚でも好きにしろ。おれには関係ないし、何があっても絶対行かない」

実父が望まないなら、どう転んでも晴弥の席なんかあるわけがない。毎日届く正治からのSNSには結婚の「け」の字も記されておらず、つまりあの義兄も望んでいない。

そんなこと、以前から知っている――本当は、ちゃんとわかっていた。どんなに気にかけていたとしても、正治は晴弥の父親には逆らわない。逆らえないのでも、その必要はないと考えているのでも結局は同じだ。

それを、晴弥に思い知れと言うのか。真正面からぶつかって拒否されて、それでも「晴弥のため」に自分たちの式を延期するから和解しろ、と？

無神経な人間は、とことん無神経だ。勝手な思い込みで他人の事情に嘴《くちばし》を容《い》れておいて、「そんなつもりはなかった」と被害者面をする。

――晴弥がずっと欲しかったものを、何もかも手に入れたくせに。

正治と自分が恋人同士になるなんて、あり得ないと知っていた。同居が許されるのも最長で卒業までで、その後晴弥は就職し義兄がいる土地を離れる。肉親どころか知人のひとりもいない遠い町で働きながら、ひとりで生きていく。それが当たり前で、他の道がないことも。だからこそ、今の大学に入ったのだ。たった四年でも、最後の宝物に思い出が欲しかった。なのに早々に正治には捨てられ、浅見からも見放された。

……どんな理由で、浅見がこの女に晴弥の帰宅時刻を教えたのかは知らない。けれど結局のところ意味は同じだ。浅見にとって優先すべきは、晴弥ではなくこの女だった、という。

そして、この女は本音では晴弥を嫌っている。なのにどうしてこうも執拗《しつよう》なのか。さっきの問答だけで、答えは透けて見えていた。

「式や披露宴におれを出席させたいのも、結局は自分のためだろ。あんたがシアワセな花嫁になるために、おれが我慢して努力してあの親と和解して、その上で祝福するのは当然だって言ってるわけだ。——で？　何でおれが、大嫌いなあんたのためにそこまでしなきゃならないわけ」

「そ、ん……」

「あんたが偽善者なのはあんたの勝手だ。好きにすればいい。けど、勝手におれを巻き込むな。迷惑だ。結婚式なんか、死んでも出てやらない」

「……——晴弥っ！」

吐き捨てるなり、横合いから聞き慣れた声がした。目を向ける前に、女との間に大柄な体《たい》軀《く》——正治が割って入る。とたんに泣き出す女を目にして、狙ったみたいに泣くんだなと冷めた気分で思った。

「晴弥、おまえ……何で、そこまで」

女を抱きしめる正治に険のある目を向けられて、「ちょうどいいかも」と他人事《ひとごと》のように思う。これで、義兄は晴弥を見る目を変えるはずだ。

いつも優しかったこの人が、本当は晴弥を扱いかねていたことくらい知っている。まだ寮にいた頃に、気がついていた。

ただ、見捨てられなかっただけなのだ。突然同居することになった幼稚園児が実父から露骨に嫌われ放置されているのを、心細い顔で俯いているのを放っておけるほど、薄情にはなれなかった。

寮への面会だって同じだ。正治が動かなければ、晴弥は大学卒業までの十年間を帰省も面会もなく過ごすことになる。だからこそ、定期的に顔を見せた。

法的には他人でも義理の兄弟だし、懐かれたから。それだけのことで、以上も以下もない。

本当の、意味で。晴弥を好きでいてくれた、わけじゃない——。

(おれがずっといっしょにいてやるよ)

十一年前のあの時、晴弥が勝手に期待しただけだ。もしかしたらと、この人ならと夢を抱いた、晴弥にとって何よりも大切だった、記憶。

きっと、正治は覚えてすらいない……。

「謝らないよ。おれ。間違ったことは言ってないし」

「晴弥」

今の状況を、恨みに思うつもりはない。だってこの十四年間、正治にはよくしてもらった。人の価値観は、それぞれだ。立場が環境が状況が変われば、当然のように移ろっていく。戸籍上は他人でしかない義理の弟で、しかも我が儘なろくでなしなんか、生涯の伴侶《はんりょ》に比べたらゴミみたいなものだ。

冷ややかに考えたら、何だか笑えてきた。

晴弥が何より優先して描いた絵も、部活の顧問から酷評しか貰えないゴミだった。だったらつまり、晴弥自身がゴミだということか。ゴミだから面倒だし厄介だし、何をやっても嫌われるということかもしれない。

納得してまた笑ったら、今度こそ晴弥は正治に睨みつけられた。

ミッション完了、無事嫌われた。だったら後は、浅見だけだ。するりと思って、いいアイデアじゃないかと感心する。

浅見にも、とことん嫌われてしまえばいいのだ。浅見が彼の父親に頼まれても真っ平だと断固拒否するくらいに、厭なヤツだと思われたらいい。

そうしたら、完全に諦めがつく。これまで手放せなかった分不相応な立場だって、当然のこととして晴弥の手から離れていく……。

11

「ショウ、……晴弥？」

誂《あつら》えたみたいなタイミングで、聞き慣れた声がした。半端に笑ったまま振り返った先、大股に近づいてくる浅見と夜目にもまともに視線がぶつかる。

スーツとネクタイが、相変わらず厭味みたいに似合う。空想の中で隣に友美を並べてみて、確かにお似合いだと他人事のように思った。

「どういうことだ。何がどうしてこんなことになってる？」

「さあ？　とっても優しい正治サンが、赤の他人で大っ嫌いなおれに何の用があるかとか、おれが知るわけないし」

そっちこそ実は三人グルなんじゃないのかと思ったら、自分でも笑えるくらい挑発的な物言いになった。とたんに目元をきつくした浅見の、返事を待たずに続ける。

「そういやあんたも昔っから、おれのこと嫌いだったよね。さすが親友、よく似てるよねえ。揃って仕方なく、嫌いなヤツの面倒見る羽目になるとかさ」

「晴弥っ」

今度の制止は正治の方だ。全身で女を庇《かば》ったまま、きつく眉根を寄せている。

「だから何。その女と同じ用ならもう返事はしたから、無駄なことやめてとっとと帰れば？」

「同じ用って……なあ、晴弥に何を言ったんだ？」

「だって、そんな——あ、あたし、そんなつもりじゃあ……ただ、晴弥くんと仲良くしたかった、だけでっ」

訊いた直後に女に泣きつかれて、正治は困り顔でその肩を撫でた。

「晴弥。いくら何でもここまで泣かせることは」

「だったら二度とおれに近づくなとでも言っとけば？　頼んでもないのに押しかけてきたのはそっちの方だ。だいたいおれ、その女のこと死ぬほど嫌いなんだよね。——ついでに正治サンにも、二度と会わないって言ったはずだし？」

「晴弥」

「世間体だか体面だか知らないけど、実際は他人なんだしそんな義理もないだろ。余計な面倒がなくなって清々してるんだったら、そのまま放っときゃいいんだよ」

「おい待て。晴弥、おまえ何言っ……」

愕然《がくぜん》とした様子の正治に変わってか、今度は浅見が口を出す。それを、最後まで聞かずに見上げてやった。

「浅見もさあ、もう変に同情するのやめれば？　実の親に捨てられて可哀相だと思ってんだろうけど、それ、きりがないだろ。正治サンは長年の癖もあるんだろうけど、あんたは――ああ、そっか。一応親類だし、オトナの良識ってヤツ？」

「……晴弥？」

訝《いぶか》しげな顔で見下ろされたかと思うと、今度は肩を摑まれた。え、と思った時には、晴弥は浅見の背後に押しやられている。

「ショウ、今日は帰れ。――あとで連絡する」

「いや帰れって、でも」

反駁《はんばく》しかけた正治が、半端に黙る。短く息を吐いたかと思うと、了承を告げて女の背中を押す。まだぐずぐず訴えるのを促し、背を向けて歩き出した。最後にちらりと振り返ったものの、すぐに話し声が遠くなる。

浅見の背後でそれを聞きながら、ひどく冷めた気分で何の茶番だと思った。

「――手。見せてみろ」

ややあって振り返った浅見の、第一声がそれだった。

肩にかけたリュックサックのベルトを摑む右手か、寝袋入りの袋を下げる左手か。いったいどっちだと思う間もなく、袋の方を奪い取られた。瞬いている間に今度は右手を掴まれて、とたんに走った痛みについ顔を顰めてしまう。

「え、あれ？　何コレ、何で」

「力の入れすぎだろ。自分に爪立ててどうすんだよ」

苦い声で言う浅見が、ティッシュペーパーで晴弥の右手のひらに滲《にじ》んだ血をそっと拭った。ヒリつく痛みに啞然《あぜん》としている間に、どこからか取り出した絆創膏《ばんそうこう》を貼り付けてくる。

「……あんた何でそんなもん持ち歩いてんの」

「非常用。ま、これは応急だな。風呂上がりにもう一度見せろよ、手当てし直すから」

「もう一度って、この程度で大袈裟《おおげさ》な」

「で？　何がどうなって、往来で言い合いになった？」

心底呆れた直後に不意打ちで言われて、咄嗟に返答ができなかった。促されるままマンションに向かいながら、ゆっくり息を吐《は》いて言う。

「おれが知るわけないじゃん。待ち伏せてたのも、しつこく食い下がってきたのもあっちだし。詳しく知りたきゃあの女に聞けば」

「一方の言い分だけ聞くのはフェアじゃねえだろ」

「だったらあんたが聞いた部分で判断すれば。おれ、何も誤魔化してないし」

「それはわかるが、わざわざあんなところでやらかすか」

渋面で言われて、黙って首を縮めた。――あの女を浅見の部屋に入れたくなかったんだとは、意地でも言いたくなかった。

「だから好きでやったわけじゃないし。それよりあのヒトたちに言っといてよ。面倒だし、二度と関わってくんなってさ」

「残念ながら、それで納得するショウじゃない」

「今は違うだろ。さっき凄《すご》い顔してたし、とうとう実感したんじゃない？　おれの性格がどんだけ悪いかさ。近づいてもろくなことないし、結婚式延期しても無駄だって。招待されたところで絶対行かない」

うんざり顔を隠さず言ったら、浅見はわずかに眉を上げた。

「ショウは晴弥に出て欲しいんだと思うが？」

「そんなん知らない。おれの希望は潰しといて自分の希望は通したいとか、勝手すぎ」

「……――おまえ、本っ当に返事に困ること言うよなあ」

わずかに沈黙したかと思うと、浅見は長い息を吐いた。それへ、晴弥はぽろりと言う。

「あんた、――怒らないんだ？」

「怒る理由がねえだろ。まあ、少しばかり話したいことはあるがな」

「ふーん……」

辛うじて鼻で返事をしながら、最後の最後までしがみついていた「何か」が壊れていく音を聞いた気がした。辿《たど》りついた玄関前で足を止めて、晴弥は鍵を開ける浅見の背中に言う。

「夕飯の支度がまだなんで買い物行ってくる。手がコレだし、コンビニでいいかな」

「今からか。あー、だったらこの際何か食べに行くか？　デリバリーって手もあるが」

「どっちも厭だ。……ちょっと頭冷やしたいから、ひとりで行く。あんたは中で待ってて」

「ひとりで？　この時間にか」

「だから、おれはもうじき十九だっての」

言うなり背を向けて歩き出すと、仕方なさそうなため息とともに「気をつけて行けよ」との声がかかった。

振り向かないまま手だけを振って、晴弥は足を速める。少し先の角を曲がったところで、スマートフォンを引っ張り出して操作した。――浅見のナンバーとアドレスを、着信拒否に。続いてSNSは、面倒だからアプリごとアンインストールする。これでもう、浅見からも正治からも連絡は来ない。

もう少し歩いた先、目に入った地下鉄入り口から階段を降りる。改札口を通り、行き先も見ずに先にきた電車に乗った。

「嫌われてる、っていうのも自惚《うぬぼ》れだった、ってことかあ……」

進行方向を向いて扉に凭《もた》れて、出てきたのはそんな言葉だ。

好きの反意語は無関心だと、篠山は言った。そして、さっきの浅見の返事は――「怒る理由がない」のは、そこまで晴弥に興味がないからだ。どうとも思っていない相手から「嫌い」と言われたところで、晴弥だってさほど気にしない。あれだけ怒った正治との対比が鮮やかすぎて、笑うしかない。

いつからそうだったんだろう。最初からか、それとも途中でそうなったのか。目に見えて態度が変わったのは、確か同居前後だったはずだ。

「ショウ兄から離れたら、おれなんかどうでもよくなった……？　あー、ありそう。ていうか絶対そうだろ」

どうでもよくて、けれど面倒で厄介になってきたところにあの女に話を持ちかけられて、軽い気持ちで教えてみた——あるいはそんなところだろうか。

「実はちょっと嬉しかった、んだけど、な……」

互いのペースは知っておいた方がいいと同居早々に確認されて、意外に思いながら素直に教えた。その時は自覚していなかったけれど、それで安心した部分もあったのだ。たとえ必要に駆られてのことだとしても、晴弥のことを知りたがる人なんか滅多にいない、から。

「あげく好きになって失恋とか。おれ、完全に馬鹿じゃん、……これから、どうしよ……寝袋取られて財布と合鍵返しそびれるとか、逆だろ……」

それでも。もう、浅見のところには戻れない。戻れる、わけがない。

染みるように落ちてきた確信に、胸の奥が軋《きし》むように痛い。きつく奥歯を噛んでいなかったら、きっと泣き出していたくらいに。

「うん、でも大丈夫……ショウ兄の時だって、すぐ諦められた、んだし」

相手が浅見だって同じだ。もう隣に立つ人がいて、晴弥を見てくれる可能性なんか欠片《かけら》もなくて、だから絶対晴弥のものにはなってくれない。正治の時とは違って浅見から連絡が来ることはきっとなくて、だったらもっと楽にこの気持ちを終わらせることができる、はず。

何度も自分に言い聞かせながら、適当なところで電車を乗り換えた。知らない地名の方を選んで三度目の、知らない駅名のアナウンスを聞いた時に、いきなりポケットの中のスマートフォンが鳴った。

ぎょっとして背中が跳ねるのと、目の前のドアが開くのがほぼ同時だった。そのままホームに降りて、晴弥はスマートフォンに目を向ける。表示された名前に、ほっと力が抜けた。

「……篠山？　どうかした？」

『田所？　もううちに帰っ……ってないよな、何でそんなところにいるんだよ。何かあった？』

「え」

耳につく発車ベルで、先ほどの駅のアナウンスが届いたんだと気がついた。改めて見つけた駅名は晴弥がまるで知らないもので、改めてここはどこだと思う。時刻はとうに二十時を回っていて、ホームの屋根の隙間《すきま》にある空はすっかり暗い。

『え、って……まあいいや、とりあえずその駅の北改札から出て。十五分で行くから構内から動かないってことでよろしく』

「え、あ、ちょ」

通話が切れた待ち受け画面を呆然《ぼうぜん》と眺めて、晴弥はひとつ息を吐く。

どのみち、そろそろ寝床を確保しないとまずい頃だ。駅前ならホテルくらいあるだろうし、篠山が知っていたら聞くのもいい。早めにチェックインして、それから――……

「それから、どうすればいいのかなあ……?」

高架を上りながらこぼれた声は、先が細った糸が切れたように途方に暮れて聞こえた。

改札口を出た先のベンチに腰を下ろした後で、雨が降っているのに気がついた。

さほど大きくはない駅舎の出口の向こう、ちょうど街灯に照らされた箇所に霧のような雨が見えている。細かいけれど、絶えることなく落ちていく。

描きたいなとふと思い、リュックサックを探ってから思い出す。大学帰りだから持っていない。持っていたところで、たぶん何も描けない。

……絵を描くのも、いい加減諦めた方がいい。後援の理由がどうあれ、描けもしないのに受け取るのでは詐欺と一緒だ。

思った時、スマートフォンが反応した。見れば、晴弥としてはあり得ない件数が表示されている。一応確認してみたものの、発信元は非通知に公衆電話だ。

面倒くさくて、まとめて消去した。直後、またしても入った着信は知らない十一桁のナンバーで、面倒さに「拒否」の文字をタップする。一秒後、またかかってきた通話にうんざりした晴弥は、けれど慌てて「着信」の文字をタップした。浅見の父親の名前だったからだ。

『晴弥くん？　今どこにいるのかな』

「あ、……午後はいきなり電話してごめんなさい。その、おれ、おじさんにお願いがあって」

『おや、嬉しいね。新しい画材でも見つけたのかい？』

暢気《のんき》な声にほっとする。ゆっくり気持ちを引き締めて、意識して深呼吸をした。

「そうじゃなくて、……おれ、引っ越ししたいんです。前のアパートとは逆方向で、大学からもっと遠くて、狭くていいので家賃が安い部屋があれば、そこに」

『それはまた、いきなりだねえ。もちろん相談に乗るけど、その前にどこにいるのか教えてくれないかな』

苦笑交じりの声音の中の、いつもとは違う響きにまず気がついた。直後、最初と今とで繰り返された問いの意味を悟って苦い気分になる。

「ごめんなさい。おれ、今夜は帰らない、です。帰りたくない、ので」

『そっかー。じゃあ、相談ついでにうちに泊まりにおいで。すぐ車で迎えに行くよ』

つまり、探されているわけだ。考えてみれば晴弥はまだ未成年で、形だけとはいえ浅見の父親は晴弥の実父に頼まれていて、だったら放っておくわけにはいかない。

「……ひとりで平気、です。今は、ひとりでいたいんです。落ち着くまで、ちゃんとホテルに泊まりますから、しばらくは――」

「いた、田所！」

「篠山、……」

語尾に被さった声に顔を上げて、思わず口から友人の名前が出た。ほっと、全身から力が抜けるのがわかる。

もう一度「田所？」と呼んだ篠山が、電話中と察してか足を止める。それで思い出して通話に戻ると、待っていたように浅見の父親の声がした。

『ホテルって、友達と一緒に？』

「一緒、じゃないです、けど。さっき、電話をくれて……すぐ行くから待ってろ、って」

『わかった、じゃあ晴弥くんの好きにしなさい。ただし、ホテルはちゃんとしたツインを取って、友達も一緒に泊まってもらうこと。料金は後で出すからひとまず立て替えは頼むよ』

「え？　いや、そのくらいおれ、自分で」

急に許可が出たのにも驚いたけれど、後半と最後の一言にはぎょっとした。

『それが駄目なら捜索願いを出すけど、それは厭だよね？　あと、外泊中は毎晩必ず僕に電話すること。一日でも忘れたら、やっぱり警察行きだからね』

優しいのに有無を言わさない物言いに、最終的には了承して通話を切った。待っていたように駆け寄ってきた篠山に、晴弥はどうにか笑ってみせる。

「お疲れ。何、さっきのホテルがどうとかって」

「ちょっと家出、してきたんだ。当分ホテル住まいするからひとりにしてって頼んだとこ」

「は？　それ公認だろ。家出とは違わない？」

予想外のところに突っ込まれて、晴弥は瞬く。

「家出、でいいと思う。浅見、には何も言ってないし……もう会うつもりもない、から」

「え、じゃあ今の電話の相手って誰」

「浅見、のお父さん。おれの保護者代わりっていうか、事務手続きとか引き受けてくれてる」

「はあ……？」

篠山も浅見の父親は知っているはずだが、さすがに意味不明だったらしい。けれど、詳しく話す気にはなれなかった。

「このへんに適当なビジネスホテル、ないかな。あと、料金おれが出すから篠山も泊まってくれると助かる……その、今夜だけでいいんで」

「知ってるけど、とりあえず今夜はパス。田所もな」

即答と同時に、座ったままだった腕を引っ張られた。つられて腰を上げた晴弥に、篠山はにっかりと笑う。

「実はおれ、さっきまでじいちゃんちにいてさ。じいちゃんが、理由アリなら田所も一緒に泊まっていけばいいって」

「え、でも」

「友達だろ。こういう時は匿《かくま》うくらいするって」

リュックサックを奪われたあげく、肩を組むような形で先へと促された。困惑する晴弥を見て、何かを企んだように笑う。

「田所さ。月下美人が咲いてるの、見たことある？」

12

目を覚ますなり覚えた違和感に、晴弥は飛び起きた。

薄暗い中、最初に目に入ったのはダブルベッドではなく、和室に敷かれた布団だ。室内に見覚えはなく目が覚めた時いつでも晴弥を抱き枕にしている腕も、ない。

「え、……あさみ、は――？」

ぽつんとこぼれた自分の声が、変に浮いたように響く。数秒経《た》っても状況が読めず、孤島にひとり放り出されたような心地がした。息を潜め周囲を見回して、ようやく枕元に自分のリュックサックと着信ランプが点滅するスマートフォンを見つける。それを掴んだはずみで手のひらの絆創膏に気がついて、ようやく経緯を思い出した。

「出てきた、んだっけ。ここ、……は篠山のおじいさんち、で。今は朝の――四時？」

表示された不在着信をチェックする。あり得ない数のそれは駅で見た時と同じ、非通知に公衆電話に知らないナンバーの羅列でしかない。

「電源、落としとけばよかったかも……充電、もう残ってないし」

短く息を吐いて、遅ればせに電源を切る。

天井の豆電球がついただけの室内は暗い。それでも目が慣れてしまえば、そこが立派な床の間をしつらえた和室だとわかった。

たぶん名のある作品だろう花器に生けてあるのは萩《はぎ》に南天と、名前も知らない小さな花だ。その後ろにかかっている掛け軸は、晴弥の記憶が正しければ有名な書家の作品だと思う。

篠山の祖父は、絵に興味があるという。この感じだと他の芸術全般に明るい人なのかもしれない。

「そういう人って礼儀にうるさい、よね。おれ、ちゃんと挨拶――」

したっけ、と思案して数秒後、思い出せずに全身から血の気が引いた。

泡を食ってもう一度周囲を見回して、障子のすぐ傍に思いがけないものを見つけた。にじり寄って手に取ってみれば、スケッチブックが二冊と百五十色の色鉛筆だ。立派なケースのすみには見慣れた印が押してある。

「これ、——そうだった、押すのちょっと失敗して斜めになって。けど、何で」

浅見のマンションのアトリエに、置いてきたはずだ。思ったとたん、いきなり思い出した。

篠山が運転する車を降りた先は立派な和風建築の家で、すぐに奥へと案内された。障子を開けた先、明かりが灯《とも》った板張りの空間には濃密な香りが漂っていて、その源は大きく開いた真っ白な花、で。

「確か、……月下美人の鉢の前に座らされ、て」

初めて見た造形に目を奪われていたら、横から開いたスケッチブックを差し出されたのだ。受け取ったら今度は鉛筆を渡されて、その後はすぐさま描き始めた、ような。

「うそ、だろ。何ソレ、おれ」

いくら何でも、突っ込みどころがありすぎる。それ以上に、どうして誰からも制止されなかったのか。晴弥にとってはよくあることでも、傍目には奇異に映るはずなのに。

薄暗い中、そろりと開いたスケッチブックはほぼ一冊が月下美人で埋まっていて、一部は色鉛筆で色までついている。

「どっちにしても最低、なんだけど。謝ってお礼言って出て行かないと、篠山に迷惑——」

腰を浮かせて障子を開けたものの、小さな明かりが灯るだけの廊下はしんと静かだ。夜中に等しいこの時刻に動くのは、それこそ迷惑でしかあるまい。

後じさって、そっと障子を閉じる。部屋の明かりを灯し畳の上に座り込んで、もう一度スケッチブックを開いてみた。二冊あるうちの一冊はまだ白紙で、そちらは晴弥の印つきの馴《な》染《じ》みのメーカーだったが、もう一方はメーカーが違うし印もない。

「誰かから、貰った……？」

ふと手が止まったページの、鉛筆の輪廓《りんかく》に載せた色が半端だ。花びらの部分には、もっと別の色があるはず——そう思ってしまったら、もう駄目だった。

引き寄せたケースから、色を選び出す。少し丸い先端を、ここという場所に落としていった。

そうやって、またしても没入してしまったらしい。

「ほう。なかなかいい色を出すねえ」

「……っ」

横合いからかかった声にびくっと肩が跳ねたはずみで、色鉛筆がぽろりとこぼれた。慌てて目で追った先、横から伸びた誰かの手が廊下に落ちる寸前にキャッチする。

「だからじいちゃん、いきなり声かけんなってば。あと距離近すぎ、田所は結構人見知りなんでもっと離れて」

「おお、そうか。悪かった」

続く会話を、まず目と耳で追いかける。今、横にいるのは信用できる友達の――。

「……ささやま？」

「そう。邪魔して悪いけど、そろそろ腹減っただろ。昼食にしないか？」

「ちゅうしょく……え、もう昼？　嘘《うそ》、」

何度か瞬いて、そこでようやく障子が開け放たれていることを――廊下の掃き出し窓の向こうに青空が見えているのを知った。

「仲がいいなあ。じじいも仲間に入れてくれんかね」

「だから田所はじいちゃんのこと覚えてないんだって。そこ急いだら駄目だろ」

呆れ交じりの篠山の声が、じわりと頭に染み込んでくる。直後、唐突にここが篠山の祖父宅で、まだ挨拶すらしていなかったのを思い出した。

「す、みません！　あの昨日から本当に失礼ばっかりで、その、ありがとうございましたお世話になりました！　すぐ出て行きますから、篠山のことは叱らないでもらえると……っ」

「行かんでよろしい。ホテル住まいするくらいならうちにいなさい」

「えっ、で、もおれ、迷惑、しか」

即答に固まった晴弥に、老人――篠山の祖父は楽しげに言う。

「だったら絵を一枚描いてみせてくれんかね。できれば経過を見てみたくてねえ」

「けいいか、……？」

「描くんじゃろ？　月下美人」

きょとんとしたら、もう決まったことのように手元のスケッチブックを示された。

「浅見くんは午後に顔を出すそうだから、それまで少し休みなさい。ろくに寝ておらんようだしの」

言葉とともに、頭のてっぺんをぐるりと撫でられた。猫の子を扱うようなやり方にぽかんとした晴弥をよそに腰を上げ、廊下の先へと見えなくなる。

「……そういえば。おじいさんの足ってもう大丈夫なんだ？」

以前、篠山と個展を見に行った時に聞いた「倒れた」が正確には「転んだ」だったことは、あの週明けに聞いていた。何でも捻挫だとかで、入院の必要はないがしばらくは動けないという話だったはずだ。

「軽い捻挫だったし、もともと体力余ってるからさ。念のためまだサポーターはしてるけど」

「そっか。大したことにならなくてよかった」

頷いた晴弥に苦笑して、篠山は言う。

「とりあえず現状説明だけど、その前に食事な。もう運んできてるから」

「う、ん……？」

状況が読めないまま、晴弥は篠山について腰を上げる。促された先は晴弥がいた部屋の隣で、立派な座卓の上に二人分の食事が用意されていた。

「でも篠山、おれまだちゃんと挨拶してない……」

「じいちゃんにはあれで十分だし、ばあちゃんには後でいいだろ。まず食べて状況把握しないと、午後には浅見さんが来るしさ」

本日二度目に「浅見」の名を耳にして、晴弥は箸を取り落としそうになった。

「待っ、待って何で⁉　どうして浅見さんて、え、それ浅見？　それともおじさんの方？」

「田所が言うおじさんの方だから、ひとまず落ち着いて食べなって。冷めたもの食べさせると、オレがばあちゃんに叱られるからさ」

向かいの篠山に苦笑されて、どうにか頷《うなず》いた。口にした味噌汁《みそしる》は優しい味で、けれどそこに違和感を覚えてしまう。

……浅見のとは違うと、思ってしまったのだ。定食めいた純和風のメニューは浅見の朝食を連想させて、それだけに「ここは違う」と思い知る羽目になった。

「オレも知らなかったけど、浅見さん……田所が言うおじさんの方は、もともと昨夜ここに来る予定だったんだってさ。ほら、月下美人の開花を見に」

「え」

「ほぼ毎年来てたのが、今年はなかなか予定が合わなかったらしい。昨夜のが今年最後だったんで少しでも見たいから遅れてくるって話だったのが、オレが田所を迎えに行ってる間にじいちゃんに電話してきてたって。オレに田所と一緒にホテル滞在してほしい、料金は出すからってさ。それをじいちゃんが、だったらうちに泊めるで終わらせたみたいで」

微妙に気まずい顔で言う篠山を無言で眺めて、やっと出た声は我ながら力なく萎《しお》れていた。

「何でそこまで話が回ってんの。篠山って、浅見のおじさんとは前から」

「会ったのは昨日が初めてだよ。オレの実家は飛行機の距離だから滅多にここに来れなかったし、今も大学近くのアパートに住んでるし。浅見さんの名前だって、田所の絵を見せられた時に聞いただけだ。ただ、さ。その……」

篠山経由では晴弥に会えないと知った彼の祖父が、だったらと浅見の父親に話を持ちかけていたらしいのだ。つまり、浅見の父親は篠山の名前も、彼が晴弥の友人だということも知っていた。そうなると、駅での電話中に急に物わかりがよくなったのも道理でしかない。

「それ、完全に包囲されてる、よね……」

「ごめん。その、オレもそんなんなってるとは思わなくて」

「や、篠山のせいじゃない、し。……って、え？　じゃあ浅見のおじさんて、昨夜」

「来てたけど、やっぱり気付いてなかったんだな。スケッチブックの一冊目と鉛筆はじいちゃんが出したけど、二冊目と色鉛筆はあの人が持ってきたヤツだよ。たぶん絶対必要になると思って、とか言ってた」

図星なだけに、何とも言えない気分になった。思わず箸の先を噛みそうになって、晴弥は慌てて指を引く。

「あと、伝言。詳しい話はまた明日——まあ、今日ってことだな」

「……うん。わかった。どのみち、おじさんとはどっかで話さないとまずいから」

昨夜の浅見の父親は、没頭する晴弥を離れて見るばかりで自分からは近づかなかったのだそうだ。帰り際、「絵が描けるなら大丈夫だと思うけど、画材は傍に置いてあげて」と言い残したという。

「なあ、スケッチブック見せてもらっていい？」

「え？　ああ、うん。粗いけど、それでよければ」

頷いて、描きかけの方のスケッチブックを差し出した。受け取った篠山はすでに食事を終えていて、晴弥は少し食べるペースを上げる。

「これで粗いのか。本気で描いたらどうなんの」

「描いてみないとわからない、かも。それ、ただのスケッチだし」

「そうなんだ。オレだいぶ好きだけど。特にコレ」

中ほどのページを開いて見せられる。やや下を向いた花に陰影をつけた一枚だったが、晴弥としてはそんなの描いたっけ、という心境だ。何しろ本気で没頭していて、どの時点で色鉛筆を差し出されたのかすら判然としない。

「……あれ。おれ、絵、ちゃんと描けて、た……？」

「何言ってんだか。すんごい集中力だし次々ページが進むしで、途中からオレ花じゃなくて田所見て終わっちゃったのにさ」

いかに没入していたとして、一晩でほぼ一冊は滅多にない。納得はしたものの、とても微妙な気分になった。昨日の朝までの、にっちもさっちもいかないアレはいったい何だったのか。

「食事終わったら少し寝なよ。あんまり顔色よくないぞ。浅見さんが来たら正念場だろ?」

「あー……うん、そうさせてもらおう、かな」

素直に頷いた晴弥の前で食器を重ねながら、篠山は今思い出したように言う。

「そういえばさ。今さらだけど、昨日は大丈夫だった?」

「は? え、大丈夫って、何」

「買い物。広野とふたりきりだったろ。もしかして、無理やり迫られたりしなかったかと」

返った言葉に拍子抜けして、晴弥は肩を竦める。

「そんなん、あるわけないし」

「そうとも限らない。あいつテンパると暴走するし、田所は何のかんの言ってなし崩しに受け入れがちだし」

「そこまで殊勝だったら家出なんかしない……って、昨夜の篠山の電話ってそれ?」

ふと思いついて訊いてみたら、当然とばかりに頷かれた。

「何それ、過保護……」

「そうかも。何か、放っとけないんだよな。別に気弱でもないし、むしろ断る時は一刀両断なのに何でだろ」

「……面倒で厄介、ってよく言われるけど」

ぽろりとこぼれた言葉に、自分でも驚いた。後悔以前に唖然としていると、篠山は「え、そう？」と首を傾《かし》げる。

「ああ、でもちょっとわかるかも。そこが可愛《かわい》い、ってヤツ」

「何ソレ、どうしてそうなんの。どう聞いたって貶《けな》してんじゃん」

乾いた笑みを返しながら、ふと思う。

――浅見が、そんなふうに思ってくれたらいいのに、と。


浅見の父親は、昼を過ぎて少しした頃にやってきた。

迎えに出る前に、篠山に案内されて晴弥がいる部屋に顔を出した形だ。周到なことに篠山はお茶と菓子まで持参していて、二人分を淹《い》れた去り際に「終わったら声かけて」と言い残す。つまり、話が終わるまで誰も来ない、というわけだ。

「顔色がちょっと悪いかなあ……寝不足なんだって？　夜中に起きて絵を描いてたらしいって聞いたけど」

「平気、です。あの、忙しいとこすみません。それでその、先に、これを」

最初に切り出したのは、結局返しそびれた浅見との共用財布とマンションの合鍵の件だ。

座卓の上に並べた品物を眺めて、浅見の父親は顎に指を当てる。苦笑交じりに言った。

「なるほど、本気なわけだ。んー……でもごめん、これは預かれないよ。だって桔平のだし」

「あの、次に会った時に渡しておいてもらえば、それで」

「金銭関係に第三者が割って入ると、ろくなことがないんだよね。鍵の方も同じくで、そもそもあのマンションは奥さんの遺言で桔平名義になってるんだ」

苦笑して、彼は財布と合鍵を晴弥の前へと押し戻す。

「これは、晴弥くんが直接桔平に返してくれる？　こっちの都合で今すぐってわけにはいかないから、いろいろ落ち着いた後になるけど」

「……今、すぐにってわけには、いかない……？」

それはむしろ晴弥の都合だ。というより、落ち着いても浅見に会うつもりはない――会える、わけがない。

「桔平はもちろんだけど、正治くんにも今会うのは推奨しない。だからって大学も外出も控える必要はないよ。当面、晴弥くんへの接触禁止を言い渡してきたから。まあ、あれだけ怒り狂ってると、ねえ」

噛み合わない内容を指摘するはずが、最後の一言に押し流された。あり得ない台詞に、晴弥はまじまじと目の前の人を見る。

「いかり、くるってる、って……あさみ、が？」

「正治くんも荒れてるけど、枯平の方が酷《ひど》いね。会いたければまず頭を冷やせって言っておいた。晴弥くんも、少し時間を置いた方がいいでしょう？」

「それ、は……でも、あの浅見、さんって厭味だし意地も悪い、けど、感情的になったりとかは今まで全然……はい？　ショウ兄も荒れて、る？」

「うん、一触即発。僕がいなかったら殴り合いの果てにご近所さんに通報されて警察沙汰だったんじゃないかな」

おどけたように言われて、真に受けた自分が馬鹿に思えてきた。

あれだけ仲のいい親友同士が殴り合いなんか、あり得ない。原因が晴弥となるとなおさら、言い合いすら起きないに決まってる。

「あの……おじさん、は。事情っていうか、おれが家出した理由とか、は」

「枯平と正治くんを正座させて絞り上げた結果、とうとう晴弥くんがキレたと解釈しました。違ってる？」

「キレた、とかじゃなくて、もういいやっていうだけです。おれがいても、ショウ兄にも浅見、さんにも邪魔だし、迷惑なだけ、で——」

ぽろりと口から出た言葉に、慌てて晴弥は言い直す。

「結局はおれが我が儘で厭になっただけで、浅見、さんのせいじゃない、んです。おれ、昨日ショウ兄にも、浅見、さんにも酷いこと言った、し」

「そっか。でもひとつだけ確認いいかな。晴弥くん、家出する時に桔平に意思表示した？」

「して、ません。止められると、思ったから」

言った後で、「違うそうじゃない」と気付く。

あっさり「わかった」と言われるのが怖かったのだ。それが本音だとわかっていても、浅見の口からは聞きたくなかった。それより、自分から出ていった方が楽だった……。

「そう。まあ、いずれにせよしばらくは隔離だね。それで今後だけど、ここでお世話してもらえるそうだよ。アトリエも準備するから自由に使っていいって」

「……は、い？　あの、でもおれ篠山のおじいさんとは昨夜会ったばっかりで、おまけに挨拶も今朝までしそびれたくらいで」

「十一年ほど前に会ってるんだけど、覚えてない？　確か小学二年の夏休みだったと思うけど、僕と桔平と行った写生旅行の時にいきなり孫扱いで構い倒してきたオッサンがいたでしょう」

「写生、旅行……ええと、あの、うちの家族が旅行してた時、の」

晴弥にとってはとても楽しくて、反面思い出したくない記憶だ。目の前の人が連れ出してくれた、スケッチ三昧《ざんまい》のドライブ旅行。ふだんなら絶対実父が許可しないそれに行けたのは、晴弥以外の家族が同じ日程で揃って海外旅行に出ていたからだ。

浅見の父親は一応、出国前の実父に電話で晴弥を連れ出すと許可を取った——もとい言い逃げした、らしい。激怒した父親は帰国早々はもちろん後になっても繰り返し、「他人に迷惑をかけるな、社交辞令を真に受けてみっともない真似をするな」などと晴弥を叱りつけるようになった。

そのくせ、翌年以降も晴弥を置いて家族旅行に出かけたのだ。対策か見張りなのかわざわざ家政婦を手配するようになって、だから晴弥にとって「小学生の時の夏休み旅行」はあれが最初で最後となった。

——そういえば、あの見渡す限りの田圃《たんぼ》に行った後、出向いた田舎のお祭りでやけに構ってくれた大人がいた気がする。同じ年頃の孫がいるがなかなか会えないと言っていたその人は、何かと言えば晴弥を抱き上げたり撫でたりした上、少し興味を示しただけで何でも屋台のものを買ってくれたのだ。けれど晴弥は慣れない扱いが怖いばかりで、同行していた正治にひたすらくっついていた、はず……。

「当時から、あの人は晴弥くんの絵が気になってたらしくてね」

ちらりとよぎった違和感は、苦笑交じりの声にかき消される。思わず瞬いた晴弥に、目の前の人は首を傾げてみせた。

「僕が預かってるって知ったら見せろ見せろってしつこくて、とうとう一枚買い取られました。見られながら描くのは晴弥くんは厭かもしれないけど、それが対価だって言い張ってるからそこは諦めて。あのおじさんも奥さんも、そのへんにある置き物かお地蔵さんだと思ってればいいから」

「でもおれ、もう絵の後援はお断りしようと思ってて……その、描けなくなった、ので」

知らない間に話が決まってしまうようで、晴弥は慌てて声を上げる。と、目の前の人はきょとんと首を傾げた。

「昨夜描きまくってたよね。今朝も、たぶん夜明け前から没頭してたんだよね？」

「で、でも昨日の朝までの一週間近くは少しも進まなくてスケッチすら駄目で、だから」

「スランプってヤツだろうし、気にしなくていいよ。むしろ今まで一日も休まず描いてたってことの方が不思議なくらいだ」

「で、……だけどっ」

「昨夜と今朝と、描いてて楽しかった？」

何の含みもない声音に、反射的に頷いていた。そんな晴弥の頭を軽く撫でて、浅見の父親は言う。

「もう二度と描かない、描きたくないって言うなら別だけど、そうじゃないんだよね？」

「は、い……」

否定した方がいいと、そうすべきだとわかっていたのに、できなかった。

だって、描けない間はどうしようもなく苦しかったのだ。言葉にならない整理のつかない何かが自分の内側で蠢《うごめ》いて、喉を緩く締め上げられているようだった。

見返した浅見の父親はひどく優しい顔をしていて、ふいに泣きたくなった。同時に、ずっと抱いていた疑問がつい口からこぼれて落ちる。

「訊いて、いいですか。おじさんはどうしておれにここまでしてくれるんでしょうか。同情してるからですか？　それとも一応でも親類、だから……？」

「あれ。それ、誰から聞いた？　桔平が言うわけないし、でもいくら正治くんでもなあ」

意外そうな返答は、意図的に隠されていた証拠だ。けれど今はショックより、答えの方が気になった。黙ってじっと見返していると、目の前の人は少し困ったように笑う。

「正直に言うと、どっちも外れかな」

「どっち、も……？　じゃあ、なんで」

「最初に言った通り、晴弥くんがこの先描く絵を見たかったんだよ。あと、つい構い倒すのは思い出すから、かな。やりすぎるってことで、毎回桔平に叱られてるけど」

言われた言葉の意味がわからず、晴弥は瞬く。

「おもい、だす……やり、すぎ？」

「晴弥くんて、うちの奥さんに似てるんだよねえ。顔の造作じゃなく夢中になると突進するところとか、好きなことをやってる時の雰囲気がね。だから、あのアトリエを晴弥くんにって桔平が言い出した時も了解したんだ。うちの奥さんが、一番好きな場所だったから」

浅見の母親は、浅見が小学校に上がって間もない頃に亡くなったと聞いている。当然晴弥は会ったことがなく、話もほとんど聞いたことがない。

「あと、これは内輪の話なんだけど。本当なら桔平には弟か妹がいたはずだったんだよね。無事生まれてたら晴弥くんと同学年だったんだけど、それもあってつい、ね」

懐かしむような笑みとともに、ぽんと頭を撫でられた。

「晴弥くんを構ってると楽しいってだけで、結局は僕の自己満足なんだよ。だから、晴弥くんは何も気にしなくていい。運が良かった、くらいに思ってれば十分」

「で、も」

「桔平を見てたらわかると思うけど、親子だからよく似てるんだよねえ。誰が何と言おうと自分のやりたいことしかやらないあたり。本人に言うとすごく厭な顔されるけど」

茶化したように言って、浅見の父親は帰っていった。

去っていく車を見送って、晴弥はとぼとぼと離れに引き返す。今まで知らなかったことや思いがけないことばかりを聞かされたせいか、うまく物事を考えられないような気がした。

13

（前から思ってたけどさ。おまえ、どうやって色とか決めてんの）

唐突にそう訊かれた時、晴弥は見渡す限りの田圃の畦道《あぜみち》にいた。

体育座りをした膝に固定しているのは画板と画用紙で、水入れの中身に色をつけているのは水彩絵の具だ。ずっと集中して目の前しか見えていなくて、だからその声を耳にした瞬間に握っていた筆を放してしまった。——そんな場面を、切り取ったように思い出した。

目に映る自分の手は、まだずいぶん小さい。たぶん、小学校の低学年くらいか。ぽかんとしたまま動けずにいたら、先ほどと同じ声が慌てたように言う。

（うお、ごめん。大丈夫か、これ）

刈り取った草の上に転がった筆を差し出される。受け取ったそれに泥も草もついていなかったことに安堵《あんど》して、その後でさっきの質問を思い出した。

（きめてる、んじゃなくて、みえる、だけ。がようしみてると、なんとなく……うっすらいろも、それとおんなじ）

（へー。やっぱすごいな、おまえ。うんわかった、じゃましてごめんな？）

感心したような声とともに、頭をわさわさ撫でられる。ふだんは壊れものを扱うように優

しいのに、今日は大型犬を扱うみたいな粗雑さだ。なのに、それがひどく心地よかった。

——月下美人の花は、独特の薫りと艶やかな造形に見合う混じりけのない白だ。そのくせ、どこか沈んだような色合いを秘めている。複雑な形の花びらの隙間にもっと別の色がある。それを、できるだけ忠実に描きたい。

かすかに耳鳴りがするほど、神経が研ぎ澄まされていた。意識の中にあるのは記憶の中の白い花と目の前のキャンバスだけで、なのにほんのわずかな気配で「誰か」がアトリエに入ってきたのがわかる。呼吸も足音も殺したそれは空気と同化するようで、けして邪魔にはならない、のに——何となく、違和感がある。

ほんの少し胡乱《うろん》に思いながら、もうそんな時間かと思う。今日の朝食メニューは何だろう。できればいつかのフレンチトーストがいい。次の休日にでも作ってくれないか、交渉してみよう——そんな気分で筆を置いて振り返って、

「おはよ。もしかして、邪魔した？」

「……や、ぜんぜん」

遠慮顔で言う友人に、辛うじて返事をしながら混乱した。何で篠山がここに、だってどうして浅見はと思考をフル回転させて、ようやく思い出す。そうだった。ここは浅見のマンションじゃなく、篠山の祖父宅の離れだ。

「えっと、……もう、時間？」

「片付けて朝食すませたらすぐ出るくらい。オレ、先に行ってばあちゃん手伝ってるから」

「うん、ありがとう」

アトリエを出た篠山が引き戸を閉じるのを見届けて、晴弥は改めて室内を見渡した。

――篠山の祖父母宅で暮らすようになって、そろそろ半月近くになる。

晴弥に提供された「アトリエ」はいわゆる離れの玄関を入ってすぐの、コンクリート打ちっぱなしの床の八畳ほどの空間だ。壁際にはずらりと作り付けの棚が、奥には大きめの作業台があって、別の端には休憩兼来客用だというソファセットまで置いてある。たった今まで晴弥が筆を入れていたキャンバスとイーゼルがあるのは、大きく空けられた中央だ。

それだけでも破格すぎるのに、母屋と渡り廊下で繋がったこの建物――離れ全体を晴弥が「好きに使っていい」という。

家賃を含めた必要経費の支払いは、直接にも間接にも断られた。あまりのありえなさにやけくそ気味で「じゃあ仕上げた絵を貰ってください」と口走ったら、とてもいい笑顔で「本当かい？　嬉しいねえ」と返されて、それが決定事項となったらしい。

家主の老人は、その妻ともどもたびたびアトリエにやってくる。大抵は作業中の晴弥を出入り口近くで眺めて帰っていくけれど、こちらの休憩中には必ず声をかけてくる。篠山と同じく気配はわかってても邪魔されないからか、最近は気負わず話せるようになってきた。もっとも、八割は頷いているだけだが。

浅見のマンションでも使っていた汚れ避《よ》けを脱いで、リュックサックを手に渡り廊下へ向かう。母屋のダイニングで朝食をすませると、篠山の運転する車に乗り込んだ。

「あ、れ？　篠山、一昨日から連続で泊まってる、よね……？」

わざわざ見送りに出てくれた老女に会釈をした後で、はたと気付いて運転席を見る。

祖父母がでろでろに甘いから、あえて同居せずに学生アパートを借りている——と、つい先日聞いたばかりだったはずなのだ。

「オレも田所の絵が気になるんだよな。あと、描いてる本人も」

「え、おれ？」

「最近、ろくに寝てないだろ。目の下に隈《くま》作ってるし、講義中も眠そうにしてる。乗ってるのはわかるけど、日常生活はちゃんとしないと保たないぞ」

「そ、うかな。いつものこと、だと思うけど」

寝不足気味なのは確かだけれど、浅見のマンションにいた最後の一週間よりはずっとマシだ。ちゃんと絵が描けているし、その意味でのストレスもない。

「明け方に起きて描いてんのって、前からなのか」

「寮にいた頃からそうだよ。静かで邪魔になるものがないし、一番集中できるんだ」

「だったらもっと早く寝た方がよくないか？　じいちゃんばあちゃんも気にしてたぞ。まあ、あのアトリエ使う人は漏れなくそんなんらしいけど」

「そんなん、って何」

「いわゆる一点集中型。夢中になるとそれ以外どうでもよくなるタイプ？　夏休みまでいた版画家のタマゴって人はアトリエでぶっ倒れてるのを見つかって救急車で運ばれて、初めて不調を自覚した、らしいよ」

　篠山の祖父の趣味が、実は芸術家の卵の支援をすること、なのだそうだ。気に入った相手を見つけると、あの離れを開放して衣食住の面倒を見ているらしい。数年単位の滞在もアリとかで、晴弥自身「ついでに卒業までいればいい」と言われてしまっている。

「おれ、そんなにまずい？　大学の講義とか課題とかグループ研究には支障出てないよね？」

「だからまずいんだって。もっと手え抜いてればそんなに気にしない」

「だって今でも十分楽させてもらってるじゃん。車で送り迎えとか、……あ、でもそれだと篠山が困るか。なるべく早く仕上げて出ていくから、ごめん？」

　篠山はアルバイトもあって、おまけに彼女だっている。今さらに気付いて謝ると、運転席の横顔は少し困った表情になった。

「そうじゃなくて……あー、うん。何となく、大家さんの気持ちがわかってきた気がする」

「……え」

　不意打ちで言われて、一瞬返事に詰まった。悪役顔の男前が、どうしようもなく脳裏に浮かぶ。

「ちょっとだけ確認いいかな。田所は、大家さんに会う気はないんだよな？」

「——ない、よ。おれは合わせる顔がないし、向こうはおれに会いたくない、はず」

「わかった、ごめん」

気落ちした晴弥に気付いたのかどうか、篠山との会話はそこで途切れた。

篠山のアパートの駐車場に車を置いて、そこからは徒歩で大学へ向かう。気分で道を変えるという篠山について、今日はまた初めてのルートで辿りつく。と、いつもは門のところで待ち構えている広野と、今日は校舎に入ってすぐの場所で出くわした。「おはよう」とかかった声に、晴弥はつい首を傾げる。

「おはよ……あれ、広野って」

「オレは一限あったから。田所たちは取ってなかったよな」

言われて「そうだった」と思い出す。隣の篠山がちょっと笑っているのは、きっと晴弥の記憶力のなさに呆れているせいだ。なのに、どうしてか広野の方が厭そうな顔をした。

三人で移動して講義を受け、昼食も一緒に中庭で摂る。これがここ最近のパターンだ。篠山の友人は「広野つきはパス」とかで、別行動を取るようになっている。

「あーのさあ、広野、今朝から何。言いたいことがあるなら言えば？」

弁当殻を片付けながら、少し呆れたように篠山が言う。この後は次の講義まで各々飲み物片手に雑談だ。晴弥がぼうっとしていることが多い代わりか、このふたりはよく話し込む。

……結構高い確率で、話題は晴弥だったりする。

「いや、その……田所に、さ。聞きたいことがあるっていうか、その」

「……おれ？　何かあったっけ」

突然の名指しに瞬いた晴弥を前に、広野はちらりと篠山を見た。

「そうじゃなくて、その――ここ最近、毎朝校門前に田所の大家さん、がいるんだけど。前に、ファストフードで一緒した時に窓の外にいた、あの人」

「ちょ、広野っ」

言葉もなく瞠目《どうもく》した晴弥の隣で、篠山がパックのお茶を吹き出した。咳《せ》き込みながらの制止にも頓着せず、広野は晴弥を見たままだ。

「朝に、門の、とこに、いるんだ……？　もしかして、まだ」

「え、だから田所、それ」

「いや、もういないと思う。毎朝そうだけど、オレが来た時はいてすぐ帰ってくから……って、おい、田所？　どうした？」

ぐらり、と。自分の内側が大きく傾く音を聞いた気がした。

「どうしたじゃないって広野、ああもう……」

「もう、って何だよ。だっていくら何でも教えないってさあ」

篠山と広野が言い合う声が、急激に遠ざかる。いつの間にかそれは意味のない音の羅列となって、大きくひしゃげて消えていった。

目の前で、何かがはじけたみたいに目が覚めた。

天井にぽつんと灯った豆電球の光に瞬いて、晴弥は馴染みになった違和感を噛みしめる。そうだった、と思うのはこれが何度目だろう。今みたいに半端に目が覚めた時もだから、きっと日数より多いと思う。

「……あさ、み……」

は、とこぼれた吐息が予想以上に大きく響く。室内に、他に人の気配はない。背後から腰に回る腕も、そこから伝わってくる体温も、すぐ近くで響く寝息も――ここには、ない。

もそりと身を起こして目を凝らすと、すみの棚に置かれた時計は数分前に日付を変えたばかりだ。まだ眠った方がいいとわかるのに、どうしてもその気になれない。ため息交じりに腰を上げて、晴弥はそのままアトリエへと向かった。明かりを灯し、ほんの数時間前まで描いていた絵を間近で見上げて、ふと思い出す。

(どうしても、今の大学に固執する必要はないと思うんだよね)

昨日、どうしても外せないバイトがあるとかでアパートに帰った篠山の代わりみたいに、浅見の父親が大学からここまで送ってくれた。家主夫妻と夕食をともにし、話し込んだ後でアトリエにやってきて、描きかけの絵をひとしきり眺めてから唐突にそう言ったのだ。

（晴弥くんは入ったからにはと思ってるだろうけど、特に愛着があって選んだわけでもないでしょう。休学もアリだけど、すっぱりやめて海外に行くって手もあるんじゃないかな）

思いもよらない提案に面食らった晴弥を、その人は穏やかに見つめて続けた。

（ミラノにいる知人が晴弥くんの絵に興味津々なんだよね。本人にその気があれば預かるって言ってくれてるんだけど、どう思う？）

（え、と……あの、でも）

（強制してるわけじゃなくて、そういう選択肢もあるって話。その、ミラノの彼女が言ってたんだけど、泣いてる絵が多い気がするって。もっと別の色が出せれば予想外に化けそう、って言ってたよ）

「ばけそう、って何……あと、ないてる、……？　おれ人物とかほとんど描いてない、よね」

やっと色が乗り始めた月下美人を見つめて、晴弥は何度か瞬く。

学校の授業や部活で「課題」として出された時は従ったものの、自分で見るのも人に見せるのも厭で、手元に戻った時点で廃棄してきたはずだ。だからその人が見たのは風景だとか静物のはずで、だったらそんな言葉が出るのはおかしい。

（ちなみにその場合の費用は僕からの誕生日プレゼントってことで。行かないんだったら他

材が送られてくるようになった

正治と浅見が祝ってくれて、浅見の父親からは寮に入って以降プレゼントと称して高価な画材が送られてくるようになった

（僕は狡《ずる》いオトナだからこの機会に言っちゃうけど。晴弥くん、正式に僕の子にならない？）

そう――それが昨夜一番の爆弾だった。予想外続きで固まるしかなかった晴弥に苦笑して、彼は続けたのだ。

（もちろん無理強いはしないけど、晴弥くんにその気があるならいつでも動くよ。この六年で実績は積んだし、状況証拠も固めたからね）

（えと、……でも、それは浅見、さんが嫌がる、んじゃあ……？）

（だとしても気にしなくていいよ。桔平が何を言おうと関係ないしね）

やっとのことで絞った言葉への返答は過ぎるほど気楽で、けれど鵜呑《うの》みにできる心境ではなかった。

――ここ数日、浅見は毎朝大学の門の前にいるという。昨日の午後、別の顔見知りに水を向けるなり「それ結構な噂だけど、田所の知り合い？」と返されたから、まず間違いない。

仕事があるはずの、平日だ。晴弥と無関係なわけがなくて、じゃあどうしてかと考えた末に行き着いたのは、ここに来た翌日に浅見の父親から聞いた台詞だった。

（まあ、あれだけ怒り狂ってると、ねえ）

その怒り狂った浅見相手に、自分はいったいどうすればいいのか。

「た、ぶん。一緒、だよ、ね……ショウ兄の時、と」

浅見との言い合いなんか慣れているし、厭味も意地が悪いのもいつものことで、だからこっちももう厭なんだと、顔も見たくないと口にすればいい。それで浅見が見放してくれたら、今度こそ関わることもなくなる。

思いながら胸をよぎるのは、昨日の昼休みのあの出来事だ。浅見の名前を聞くだけで、校門の前にいたと知っただけで、泣きたいような気持ちになった。ろくな用事であるわけがないのに、会いにきてくれたのかと喜ぶ気持ちが消えなかった。

……いっそ、蛇蝎《だかつ》のごとく嫌われてしまおうかと思った。「嫌い」のベクトルで振り切ってしまえば、時に思い出してもらえることもあるかもしれない。それはつまり、浅見の中に晴弥の「居場所」ができたということにならないか。

「だ、から……それ、おかしいって、ば」

巡って巡って必死で考えて、結論はずっと一緒だ。どうしても、晴弥の中から浅見が消えない。ほんの少しでも繋がっていたい。どんな意味でも構わないから、晴弥の存在を忘れないでいてほしい。

こんなのおかしいと、自分でも思う。だって正治を諦めるのはもっと簡単だった。もともと嫌いだった浅見なんか、あっという間にどうでもよくなるはずだった。

それなのに。

「あの葡萄《ぶどう》は酸っぱい、だっけ……？」

晴弥が本当に欲しいものは、どんなに望んでも手が届かない。知っていても諦めるのは難しくて、だからどうすれば簡単になるかを必死で考えて、徹底的に希望を潰せばいいんだと悟った。

成功した、はずだ。正治にはちゃんと嫌われたし、浅見の本音もわかった。物理的な距離も取ったし、浅見の父親との話も終わった、のに。

月下美人の花の影にごく薄く紫苑色《しおんいろ》を落とす。そのタイミングでぷつんと集中が切れた。何かを背負ったように全身が重くなって、その場で座り込みそうになった。さすがに土間でそれはないと思い直して振り返って、晴弥はその場で凝固した。

「ひと休み？　ちょうどよかったわ、お食事できそう？」

「あ、え、……はい。ええと、あの――？」

「夢中になるのはいいことだけど、燃料は補給しないとね。今、お茶を淹れるから座ってね」

にこやかに言って、老女――篠山の祖母はポットから急須に湯を移す。きょとんとしたまま眺めていると、ソファに座るよう促された。言われるまま席についた目の前、小さめのトレイに準備されているのは、海苔が巻かれた小ぶりのおにぎりが二つと具沢山の味噌汁に青菜の煮付け、それに漬物という夜食っぽいメニューだ。

「どうぞ。熱いから気をつけてね」

「あ、りがとうございます。いただきます」

両手を合わせてからおにぎりを齧《かじ》ると、握って間もなかったらしくまだ温かくて柔らかい。具は塩鮭《しおざけ》と、もうひとつは昆布だ。食べ始めたら止まらなくなって、結局味噌汁から漬物まで平らげてしまった。

「ご馳走さまでした。美味《おい》しかったです……あの、今って二時、過ぎですよね。こんな夜中に、すみません」

視界に入った時計の針の位置に、目を剝《む》く気持ちでもう一度頭を下げる。と、篠山の祖母は少し困ったような、叱られた子どもを慰めているような顔をした。

「そうねえ。晴弥くんが浅見さんと一緒に帰ってから六日目の、今は午後になるわね」

「は、い……？」

とんでもない台詞に、絶句した。そんな晴弥の前、食べ終えた食器や急須をまとめながら、彼女はころころと笑う。

「晴弥くんはでも、まだきちんとしてる方ね。お食事も半分は食べてくれてるし、ソファに案内すれば少しは寝てくれるもの。……ああ、でもずいぶん進んだのね」

凝固したままの晴弥をよそにキャンバスを見上げる視線は柔らかく、それはこの人の夫や孫とも同じ色だ。

以前人に見られるのが厭だったのは、的外れな批評や難癖をつけられるのが面倒だったからだ。ただの自己満足なんだから放っておいてほしい、そう願っても寮にいる間は叶《かな》わなかった。

その点、この春からはずっと楽だ。正治は晴弥がリビングでスケッチブックを開いていても無関心だったし、それとは対照的に浅見は気がつくと背後から見ていることが多くて、なのに一度も絵についての言及はなく——。

「あ、れ……？」

一瞬よぎった違和感に、眉を寄せる。ほぼ同時にキャンバスの前で柔らかい声がした。

「はかない恋、ね」

「え」と瞬いた晴弥を振り返って、篠山の祖母は軽く首を傾げる。

「月下美人の花言葉なのよ。他にもいろいろあるんだけど、この絵を見てるとそれが真っ先に浮かぶの。……男の子には、興味がないかもしれないわね」

「はかない、こい、……ですか」

何となく、見透かされた気がしてどきりとする。言葉が続かない晴弥を見て、彼女は声を改めた。

「ねえ、晴弥くん。この絵はちょっと、受け取れないかもしれないわ」

「気に入りません、か？　だったら別のを描きます、けど」

可能性は想定していたものの、正直肝が冷えた。そんな晴弥に苦笑して、彼女は言う。

「そうじゃないのよ。わたしは大好きだし主人も気に入ってるみたい。でも、ねえ」

言葉を切って、彼女は眉を下げる。その様子が、小さな女の子のように見えた。

「だってこれ、恋文みたいなんだもの」

14

「あ。田所、起きてる」

その日の夜になって顔を出した篠山の、第一声はそれだった。

「ええと、ずっと起きてたと思う、んだけど」

「だって今、オレ見て反応したろ。今朝までは、息して食べてたまーに寝る以外はずっと絵描いてたじゃん」

「う、ごめん……」

「博紀《ひろき》、話はあとで。先に夕飯にしなさいな」

思わず俯いたところで、横合いから篠山の祖母の声がする。返事をして向かいに座った篠山と、何となく顔を見合わせてしまった。

夕食前に、家主つまり篠山の祖父から軽いお叱りを受けたばかりなのだ。熱心なのは大いに結構、集中力も素晴らしい、しかし昼夜問わず飲まず食わずはいかがなものか、云々。まったくの正論なので、正座して拝聴するしかなかった。それに——そんなふうに心配してくれる人がいるのはありがたいことだとも思う。

「そんで田所、今週は明日で終わりだけど、大学どうする？」

「行くよ。……まさか一週間も自主休講してるとか、信じられない」

食事の後で風呂まですませて、アトリエのソファセットに場を移す。念のため、という雰囲気で訊かれて悄然《しょうぜん》としていると、篠山は乾いた笑いをこぼした。

「自主休講は月火水木の四日だけだろ。一週間、完全に引きこもってたのは間違いないけど」

「それ、『だけ』とは言わないよね」

「過ぎたことを言っても仕方ないって。それよりこれ、四日分のノートのコピーな。オレと広野が取ってない講義のは西原《さいばら》と守岡《もりおか》提供なんで、明日会ったらお礼言っとけよ」

「さいばらと、もりおか……？」

誰だっけと首を傾げたら、篠山は苦笑した。

「次のグループ研究は誘う約束だったのにーって残念がってたけど？　一応、簡単に事情説明したらあっちからノート提供の申し出があった。ついでに、出て来られそうだったらメンバーに入ってくれって。あ、ノートが解読不能だった場合は担当者に確認よろしく」

「あ、……あの人たち、かな。グループ研究の課題、出たんだ？」

「出たっていうか、出すぞって予告があったらしいよ」

そうかと頷いて、コピーの束をめくってみる。四日分の厚みに、つくづく「サボった」罪悪感が募ってきた。

「あとこれ、一応言ってみるんだけど。広野が昨日、大学終わりに駅の近くで女の人に声かけられたって。水野友美っていう人、知ってる？」

篠山には珍しい含んだ物言いにきょとんとしていた晴弥は、最後に耳に入った思いがけない名前に固まった。それを肯定と取ったのだろう、篠山は晴弥を気遣うように慎重に続ける。

「仕事を辞めて遠方に引っ越すことになったから、その前にもう一度田所と会いたいってさ。急だけど、明日の夕方か明明後日日曜日の午後に前に会った喫茶店ではどうかって。広野は『本人に訊いてみないとわからない』とか返事したらしいけど、どうする？」

「……どうって、だって――あさみ、は」

「大家さん？　が、何か関係あるのか？」

だって、その人は。続ける前に遮られて、晴弥は言葉を飲み込む。そういえば、篠山と一緒にいた時の彼女は名乗っていない。逆に、広野の方は彼女と浅見が知己だと知らない。

「ああそっか、その喫茶店て前に大家さんに出くわした場所と結構近かったっけ。けど、そっちの心配はしなくてよさそう……って言っていいのかはっきりしないけど」

いったん言葉を切って、篠山は少し言いづらそうに続けた。

「たぶんバレてるだろうけど、田所がこっちに来てからほぼ毎日、大学の門の前で大家さんが待ち伏せてたんだ。だからわざと毎日道を変えて、どうにか出くわさないようにしてた」

「それは、前に広野が言ってた時に、何となく……たぶんだけど、篠山は浅見のおじさんから頼まれてた、んだよね？」

「田所、かなり混乱してたし。家出の原因に大家さんも絡んでそうだし、すぐは無理だとオレも思ったんだ。あと、浅見さん——おじさんの方が双方落ち着いたらちゃんと話し合いの場を作るって言ってたから、その時でいいんじゃないかっていうのもあって……けど、ここ三日ほど大家さん、大学前に来てなくてさ」

もしかして、オレがしたことは余計だったんじゃないかって。続いた言葉を聞きながら、見えない何かに喉のあたりをぐっと押さえつけられた気がした。

「みっか、も前から来なくなってた……？　そんで、友美さんは遠方に引っ越す……？」

「……？　水野さんの方は広野からの又聞きだけどな。返事は明日の昼まで待つって、これ」

怪訝そうな顔つきのまま、折り畳んだ紙片を渡された。撫子色《なでしこいろ》のそれは開いてみるとすみに花が描かれた一筆箋《いっぴつせん》で、真ん中に彼女の名前とメールアドレスが並んでいる。

「無理なら無理で構わないけど、一言だけでも返事が欲しい、って話」

「わかった。……考えてみる」

うん、と頷いた篠山は物言いたげで、けれどそれ以上何も言わずに腰を上げた。

「田所も、今日は早く寝ろよ。明日大学行くんだろ」

「わかってる。ありがとう」

気がかりそうな友人が出ていくのを見届けて、晴弥はまだ途中のキャンバスに目を向ける。

六日間、これまでになく没頭していた月下美人はだいぶ進んだものの、まだ完成には遠い。

「タイムリミット、ってこと、だよね……」

ぽつんと、そんな言葉がこぼれて落ちた。

仕事を辞めて遠方に行く友美と、三日前から大学前に現れなくなった浅見。——それはきっと、ふたりの間で話が本決まりになったということだ。逆にそのリミットがあったからこそ、あの浅見が大学前で待ち伏せなんて目立つ行動に出た可能性が高い。

「そ、っかあ……」

晴弥が気持ちの折り合いをつける前に——もう一度浅見に会う勇気が出る前に、浅見の事情が動き出したということだ。

「何、それ。結局おれ、もう一回会うつもりだったん、じゃん」

(双方落ち着いたらちゃんと話し合いの場を作るって言ってたから、その時でいいんじゃないかって)

同じことを、勝手にどこかで思っていたのだ。財布や合鍵が手元にある限り、機会はあると決め込んでいた。

財布の中身なんて浅見は気にしないだろうし、合鍵だって変えてしまうこともできるのに。

浅見本人から、「待つ」という言葉を貰ったわけでもなかった、のに。

「ああ、……でも、返すものは返さないと。それ、に」

もう一度、晴弥はキャンバスの中の月下美人を見つめる。

二度と会えなくなる、のなら。浅見に、この絵を渡したら駄目だろうか。

滴が落ちるような思いつきへの答えは、笑えるくらい簡単に出た。

もちろん駄目だ。趣味で描いただけの素人の未完成品で、頼まれたわけでもない。

それに――もし仕上がっていたとしても、果たして受け取ってもらえるかどうか。

(はかない恋、ね)

篠山の祖母に言われた時はよく意味がわからなかった、けれど。もう本当に駄目なんだと、諦める以前に終わってしまったと思い知った今なら、何となく頷ける気がする。

浅見を思い出して、浅見のことだけ考えて描いた絵だ。諦めきれなくて、どうしても捨てられなくて、どんなに吐き出してみても消えなかった気持ちの、結晶みたいなもの。

(恋文みたいなんだもの)

だったらなおさら、渡したい。でもそれは晴弥の我が儘で、浅見たちにとっては厄介で迷惑なだけでしかない――。

「……水彩、とかだったらいい、かな」

思いついて、晴弥は早足に壁際の棚に向かう。つい先日――例の百五十色の色鉛筆と一緒に水彩画専用のボードを買ったはずだ。ついでに水彩絵の具を準備して、すみにある作業台へと向かう。

少し悩んで、結局大きく構図を変えた。これと思う色が出るまでしつこく絵の具を混ぜ合わせ、何度か水替えし絵の具が乾くのを待って、ようやく仕上がった時には窓の外はすっかり明るくなっていた。

「額装したら、捨てる時に困る、よね。……結婚のお祝いじゃなくて、今までのお礼とお詫びで。だって結局、浅見からは何も聞いてないし。それ言ったらショウ兄も、だけど」

たぶん近いうち、やってきた浅見の父親から「そういうことになった」と聞かされるのだろう。その時は、今知った顔で頷けばいいことだ。

――今度こそ本当に、諦めよう。今日友美に会ってこれを託して浅見との結婚話が出たらちゃんと祝福して、それでけじめをつけよう。

それでも駄目なら提案された通り、海外に行くのもいいかもしれない。どのみち離れる予定だったなら、それが四年後でも今でも同じだ。むしろ物理的な距離を置く分だけ、諦めがつきやすいかもしれない……。

きれいに乾いた水彩画の表面に同じサイズの薄紙を重ねて、ビニールケースに入れる。さらに紙封筒に入れて封をしながら、自分の気持ちも封じてしまおうと改めて思った。

15

朝食前に送ったメールの返信は、午前の講義中に届いた。

今日の十六時に以前のあの喫茶店で、という内容に、晴弥はほっと胸を撫で下ろす。講義終了後に駅のコインロッカーから預けた絵を取り出してから向かったとして、十分余裕があるはずだ。例の財布と合鍵は別の袋に入れて、リュックサックのポケットに入れてきた。

「ひとりで平気か？　ばったりとかまずいだろ、何ならオレもつきあうけど」

大学に向かう途中で予定を伝えた時に微妙な顔をした篠山は、あまり賛成とは言えないらしい。昼食を終えた残りの休憩時間中にも、気がかりそうに訊いてきた。

「大丈夫。平日だし夕方だし、お茶だけですぐ帰るよ。心配ないって、今朝も門のところにはいなかったって言ってたし」

「や、それだけじゃなくてさ。おまえ、昨夜もろくに寝てないだろ」

「それも平気、帰ったらすぐ寝るから」

そんなふうに心配されるのも擽《くすぐ》ったくて苦笑していると、横から広野が呆れ声を出した。

「篠山、過保護すぎ。親かよ」

「おまえが言うか。だいたいさあ、本人でもないのに勝手に約束してくるとか」

「伝言受けただけだ。こっちの判断で勝手に黙ってる方がおかしいじゃないか」

ある程度事情を知る者と、ほとんど知らない者との温度差だ。けれどどちらも晴弥を気にかけてくれている。それだけに、黙って聞いていられなくなった。

「ええと、篠山も広野もありがとう。どっちの気持ちも助かるし感謝してる」

素直に言葉にしてみたら、言い合っていたふたりが揃って黙った。複雑そうに顔を見合わせて、それぞれそっぽを向いてしまう。

「オレ、今日はバイト休みでアパートにいるから終わったら連絡して。車で迎えに行く」

「……別に、電車とバスでも」

いいから、と重ねて言われて、結局は甘えることにした。講義終わりにもう一度念押しされたのに了解して、晴弥はひとりで大学最寄り駅へと向かう。忘れず取り出した絵の包みを、しっかり抱えて電車に乗った。

篠山が書いてくれたメモを頼りに、駅から歩く。たぶんこの界隈は浅見の勤務先近くで、けれど今は就業中のはずだ。それに――もう、浅見は晴弥に興味なんか欠片もないだろう。

抉《えぐ》られたみたいに痛む胸を無視して数分後、すぐに喫茶店が見つかった。約束より数分早かったけれど、窺《うかが》うように店内に入ってすぐに窓際の席にいた友美と目が合う。

にっこり笑顔で手を振られて、反射的に振り返していた。席に近づき改めて「こんにちは」

と頭を下げると、「来てくれてありがとう」と首を傾げられる。その様子に、大人の女性なのに可愛いのは狡い、と何となく思ってしまった。

薄いけれどかさばる荷物を椅子の背に寄せかけて席につき、やってきたウエイターにコーヒーを頼む。「じゃあわたしもお代わりお願いします」と口にした彼女は、ずいぶん前からここにいたらしい。了承したウエイターが、たぶんケーキの類いが乗っていたのだろう空っぽの皿をついでとばかりに下げていった。

「あの。……遠方に行くって」

「そうなの。実はさほど急ってわけじゃなくて、結構前から決まってたことなんだけど」

言葉に迷った晴弥の問いに苦笑する彼女の左手の薬指に、以前はなかった指輪がある。中心に嵌《は》まっているのは、色のない——たぶん、ダイヤモンドだ。

「ご結婚、ですよね。おめでとう、ございます」

「え？　ええ、ありがとう。でも、どうして知ってるの。浅見くんから聞いた？」

「左手のそれ、婚約指輪ですよね。……で、あの、先にすみません。これ、浅見、さんに返しておいてもらえませんか。あと、こっちは浅見さんにお世話になったお礼っていうか——いらなければそのまま捨ててもらって構わないので」

まずはとばかりに合鍵と財布を、次いで絵の包みを差し出した。指輪を押さえて頬を赤らめていた彼女は、けれど晴弥の言葉に困った顔をする。

「こういうものは直接本人に渡した方がいいと思うんだけど」

「その、おれは浅見さんに合わせる顔がなくて、浅見、さんはその気がないと思うんです。それに、結婚して引っ越すならこういうことはきちんとしておかないとまずいですよね」

「浅見くん、結婚するの。いつ、誰と？」

「……は？」

完全に虚を衝《つ》かれた晴弥に、彼女が不思議そうに首を傾げた。そのタイミングで、さっきのウエイターが近づいてくる。晴弥の前にコーヒーを、彼女の前にたぶんカフェラテを置いて下がっていった。

間合いを過ぎてもぽかんと動けない晴弥に、友美は言う。

「海外転勤を考えてる、とは聞いたけど。でも彼、今までほとんど浮いた噂はなかったわよ？わたしも聞いたことないし」

「……あの。浅見の相手って、友美さん、じゃあ……？」

「まさか、違うわよ。全然、タイプじゃないもの。どこでそんな話を聞いたの？」

「たまたま、耳にする機会があって。その、おれから見ても仲いいしお似合いだから」

「それは、正直あんまり……全然、嬉しくないんだけど」

きれいな顔をわかりやすく顰めて言う様子に、「つまり違ったらしい」と遅れて悟った。

「え、あの、だってただの先輩にしてはずいぶん、おれのことに詳しかったような」

「前は言わなかったけど、わたし実は在学中に一年だけ南原くんとつきあってたのよ。その頃、かなり突っ込んで聞いたの。浅見くんとそれなりに親しくなった理由も、サークルっていうよりそっちの方ね。もっともあのふたり、実はそれほど仲がいいわけでもないけど」

「――――」

完全に言葉を失《な》くした晴弥を困ったように眺めて、友美は軽く眉を寄せる。

「何となく、話が見えてきたわ。――さっきも言ったけど結婚そのものは一年前から決まってて、けど先方の事情があって社内では本当に一部しか知らせてなくてね。それが漏れたのもどうかと思うけど、どういうわけか浅見くんが相手だって噂になっててねえ？　率先して広めてた子はすぐわかったんだけど。前に晴弥くんに絡んでた、あの子」

「確かにその人から聞きました、けど。でもあの人、実は浅見のことが好きですよね」

例の巻き髪の女を思い出して言うと、友美はあっさり頷いた。

「わかりやすすぎて、知らない人がいないくらいにね。だったら自分でアプローチすればいいのに、どうしてかわたしを引き合いに人を牽制《けんせい》するのよ。何の意味があるのか、結局わからずじまいだったんだけど」

「怖いんじゃないですか？　自分から、行くのが」

ぽそりと口にして、その言葉がまっすぐ自分に返るのを知った。そう――晴弥も怖かったのだ。伝えても無駄だと、どうせ嫌われていると決め込んで、口に出す前に逃げてしまった。

「気持ちはわかるのよね。浅見くんて仕事中は容赦ないから。プライベートも鉄壁だけど」

「てっぺき」

「告白前にそれができない空気を作っちゃうのよ。だから大学の頃も入社してからも、そういう噂は全然。ああ、でもあの子のことならもう大丈夫だと思うわ。わたしの相手も公になったし、本人はキレた浅見くんに絞られたみたいで、露骨に怯《おび》えて避けまくってるから」

「はあ……」

それで大丈夫と言っていいのか。ついでに、思い切り拍子抜けした晴弥の、この気分はどうすればいいんだろう。だって、友美がいるからと――結婚するなら邪魔だからと、浅見から離れたはずだったのに。

「ところでこれ、晴弥くんの絵？　見せてもらってもいい？」

空気が抜けた風船みたいな気分になった晴弥に、思いついたように友美が言う。顔を上げると、彼女は興味津々で包みを見つめていた。

「……構いません、けど。素人の趣味、ですよ」

「でも好きなんでしょう。ずっと描いてるって聞いたわよ。あんまり楽しそうで夢中になりすぎてるから、途中で止めるのに気が引けるって」

「はあ」

混乱したまま、晴弥は友美が封筒を開くのを見守る。見るからに楽しそうなのに彼女の指はとても慎重で、そのせいか「見られる」のを意識して落ち着かなくなった。

「——え、あの。誰が、言ってたんです、か……？」

ややあって、ふと気付く。たった今、彼女は何を言ったのか。正治は絵を描いている時の晴弥には近づかないし、わざわざ止めたりするなんて——。

（やっぱすごいな、おまえ。うんわかった、じゃましてごめんな？）

不意打ちでよみがえったのは、昨日までの六日間に何度も思い出した田圃の中の光景だ。取り落とした筆を晴弥に渡して、頭を撫でてくれた——。

「浅見くんがね。だからって好きにさせてるとどこで寝るかわからないし、いつ食べるかも知れたもんじゃないって、それは最近になってからだけど。……わ、きれいね。これって月下美人よね？」

「そう、です。知り合いのところで、たまたま見せてもらって……」

——考えてみたら、おかしくはないか。

ボードを眺めて歓声を上げた友美を前に、晴弥は昨日の午後と同じ違和感に襲われる。見渡す限りの田圃の中で、飽きもせず晴弥の傍で絵を覗《のぞ》き込んでいた——あれは本当に、正治だったか。どうやって色を決めるのかと興味津々にパレットの上で混ざる絵の具を眺め、水入れの中身を取り替えてくれて、強い直射日光を自分の影で遮ってくれたのは。

だって、正治は晴弥の絵に興味がない。あんな広大な風景の中で、一緒に過ごした覚えもない。小学校低学年の頃に揃って遠出したことも——出先で好きなだけ絵を描いたことすら、ない。

唯一その機会があったのは、小学校二年の夏のスケッチ旅行だ。そしてその時、晴弥と一緒にいたのは——。

(僕と桔平と行った写生旅行の時に)

「晴弥くん、ごめんね?」

「え、」

不意打ちの声に思考を遮られて、瞬いた。両手にボードを持ったままで、友美は申し訳なさそうに言う。

「こんなの気が引けるんだけど、わたしも浅見くんに弱みを握られちゃってて」

「……は、い……?」

「このところ浅見くんも様子がおかしかったし。彼に頭を下げて頼み事されるなんて、天変地異みたいなものじゃない?」

「——すみませんが、話はそこまでに」

横合いからふいに聞こえた低い声に、白昼夢から醒《さ》めた心地になった。

何度も瞬いているうち、左腕を誰かに摑まれる。明らかに女性とは違う指がテーブルの端の伝票を掬《すく》い取るのが、視界の端に映った。

「約束通り、これは俺が。——これはまた、ずいぶんと」

「ご馳走さま、すっごく美味しかったわ。それとこの絵、浅見くんにお礼とお詫びにって。額に入れて飾っておきたいくらい素敵ね」

「あいにくですが、俺宛のものを差し上げられません。こちらへ」

「はいはい。やっぱりっていうか、晴弥くんのことになると融通利かないのよねー」

コーラルピンクの唇が、小さく尖《とが》る。それに動じたふうもなく待つ気配に、友美は丁寧に、けれど手早く絵を元の袋に戻した。

当然のようにそれを受け取った浅見が、ゆるりと晴弥の腕を引く。促されるまま腰を上げると、背中を押されてレジへと向かわされた。会計をすませる浅見を見上げて、晴弥はそれでも何が起きたのか把握できない。

だって今日は平日で、まだ時刻は十七時前だ。浅見の終業は十八時のはずで、だったらこんなところにいるわけがない。

空回りする思考に気を取られているうち、喫茶店から連れ出される。気がついた時には有料パーキングに停まっていた黒い車の助手席に座って、シートベルトまで嵌められていた。

「……あ、の」

エンジン音を耳にして、唐突に我に返る。辛うじて上げた声は自分でも驚くほど弱く、けれど意外なことに浅見はすぐさまこちらに目を向けてきた。

「おれ、友達が迎えに来てくれることになってて……今、お世話になってるうちに心配かけたくない、し」

「篠山くんか。居場所は？」

「アパートにいるって。今日はバイトがないから終わったらすぐ連絡、って」

「だったら連絡――いや、住所はわかるか？　案内は」

気抜けするくらい静かに返された。何度も瞬いて、晴弥はやっとのことで首を振る。

「場所は覚えてるけど、住所は知らない。案内も、大学からだったら」

「わかった」

言うなり、浅見は車を出した。ナビを使うこともなく、慣れたふうにハンドルを操作する。その横顔を、不思議なものを見るように見つめていた。

「どうした」

「……浅見、怒ってるんだとばっかり思ってた。おじさんが、怒り狂ってるって」

言った後で、しまったと思っても遅い。そのくせ、現実感は薄いままだ。これは本当に浅見だろうかと、頭のどこかでまだ疑っている。

「親父か。また適当に端折《はしょ》ったな。否定はしないが相手はおまえじゃないぞ」

「そ、うなんだ？　じゃあ、誰、に」

「あの場にいたのは俺とおまえだけじゃなかったろうが」

「え、……ああ、うん。――え？　でも、それってショウ兄とあの女」

ぽろっと口にした晴弥に、浅見は器用に肩を竦《すく》めた。

「年長者として注意だけはしておく。人前で『あの女』呼ばわりはやめておけ。損するのはおまえだ」

「そう、かも。あれ？　でも、浅見がショウ兄とあの女に怒り狂う理由とか」

「大量に、釣りが来るほどある。――悪かったな。俺の方も足りなかった」

「…………？」

意味がわからず首を傾げた晴弥を横目に眺めて、浅見は短く息を吐く。

「俺は、ショウ本人が結婚式におまえを招待したんだと思ったんだ。ずいぶん長く煮え切らなかったのが、やっと肚《はら》が決まったんだとばかり――彼女に無神経なところがあるのは承知していたが、まさか余所の家族関係に口を出してくるとは思ってもみなかった」

「え、と？　あの、それって」

「ショウ本人と彼女をまとめて締め上げて聞き出した。……おまえ、よく我慢したな。俺ならとっくにキレて、ショウとまとめて無視するところだ。けどなあ、言葉が足りなさすぎだ。色鉛筆の件にしたって、もっとショウに言えば」

「言ったけど。ごめんって謝られて、短くなったの言えば買い足してやるって言われて終わりだったよ。最初の時なんかそのくらい貸してやってもいいんじゃないかー、だったし。ショウ兄はおれの絵に興味なかったから、無理もないんだろうけど」

即答しながら、そういえば浅見は色鉛筆の件を知らなかったんだと気がついた。けれども知っていたとして——と考えた時、

「無理もないですむわけねえだろ。あれ、おまえが自分の小遣い出して年単位で集めたやつだろうが」

「……何であんたがそんなこと知ってんの」

「定期便でおまえに送る画材をリサーチしてたのは俺だ。仕上がった絵だの使用済みのスケッチブックだのを預かる時にそれとなくいろいろ見たり聞いたりしてたんだが、やっぱり全然気付いてなかったんだな」

「えー……」

使用済みのスケッチブックを見ていて、色鉛筆が少しずつ色を増やしていくのに気付いたのだそうだ。それとなく話を振ってみたら「少しずつ集めるのが楽しみ」と返ってきたため、父親とも相談してあえて購入リストには入れなかったという。——そう言われても、晴弥にすれば「いつの間にそんなことに」としか言えない。

「それをおまえ、いきなりまとめて捨てただろう」

それも浅見に黙っての行動で、おまけに理由どころかそれらしい愚痴すら言わない。胡乱に思いつつ、それならケース入りで準備するつもりで手配した頃に晴弥本人が購入してきた

――というのが浅見から見た状況だったのだそうだ。

「まさか勝手に私物化されていたとはな。おまけにショウが役立たずだ」

「……あ、のさ。ショウ兄たちと別れた時に浅見がおれに怒ってなかったのって」

「その前からおまえ、様子がおかしかっただろう。いつもと違う荒れ方に見えたんで、とにかく理由を聞くしかないと思った。――後で話があるって言ったよな？」

あの女と正治に言ったことは、今でも後悔していない。けれど、浅見に関しては別だ。

「言われた、けど。でもおれ、ショウ兄に相当ひどいこと言ったよ。浅見にだって」

「ショウのは自業自得だ。俺はまあ、言われ慣れてるから今さらだな」

横顔の浅見が口の端で笑うのを目にして、晴弥は何とも言えない気分になる。言い合いの果てに喧嘩になって、大抵の場合は言い負かされる。それが悔しくて、だから口癖みたいに言っていたのだ。浅見なんか大嫌いだ、と。

「で？　ここからはどう行けばいいんだ」

「えと、この先の四つ辻《つじ》を右。その先の突き当たりを右に曲がって、三軒先……」

「わかった。ああ、おまえは今のうちに友達に電話しとけ」

いつもの声音での問いに我に返って、いつの間にか大学の傍に来ていたのに気付く。友人にSNSで「もうじきアパートに着く」と送って数秒後、見覚えたアパートの前に着いた。

「……田所っ⁉」

車が停まるのと前後して、アパートから篠山が飛び出してきた。助手席の窓に取りついたかと思うと、すぐさまドアを開けてくる。

「ちょ、おい、これどういう――」

「これは今日、自宅に連れ帰る。ついでに当座の荷物も取りに行きたいんだが？」

「や、ちょっと待ってください！　オレには許可できないですっ」

言葉とともにシートベルトを外され、腕を取られて車から引き出された。そのまま篠山の背中に庇うようにされて、晴弥は自分がかちかちに緊張していたのを知った。

「どうしてきみの許可が？　必要性と正当性を聞きたいね」

「そこは大家さんのお父さんに聞いてください。っていうか、そもそもまだ接触禁止のはずですよね⁉」

声をきつくした篠山に応じたように、運転席の浅見が眉を上げる。悪役顔の面目躍如と拍手したくなるような台詞を吐いた。

「親から一方的に言われたからといって、おとなしく従う謂《い》われはないな」

「そっすか。でも実際に田所を預かってるのはうちの祖父母なんで、そっちの許可は取ってください。とりあえず、居場所が確定すればある程度気がすみますよね？」

「確かにな」

「じゃあ案内するんで、オレの車についてきてください。ただし、田所はこっちに乗せます」

とたんに厭そうな顔をした浅見を尻目に、篠山は助手席のドアを閉じてしまった。話について行けない晴弥は、言われるまま友人の車に乗り込むこととなる。

「その、いきなりごめん?」

「いや何となく予感はしたっていうか、あんだけ過保護してた人がおとなしく引き下がるわけなかったんだよなあ……田所単独で歯が立つような相手じゃなし」

「う、……その、おれも想定外っていうかさ」

真後ろを追尾する黒い車をルームミラー越しに眺めながら、晴弥は経緯を説明する。と、ちょうど信号待ちで車を停めた篠山は情けない顔でハンドルに突っ伏してしまった。

「水野さんと大家さんが知り合いとか、それ最初に言っといてくれよ……」

「でもその、大学にも来なくなったし、浅見はもうおれに興味がなくなったんだと思ったんだ。あと、水野さんを経由して浅見に返しておきたいものもあって」

「例の財布と合鍵か。そりゃ気になるよなあ……で? 今回はちゃんと話ができそう?」

顔を上げた篠山に改まったふうに言われて、晴弥は瞬く。

「田所が戻りたいなら、家出の原因はちゃんと全部片付けておいた方がいいと思うよ。さっきの感じ、そこそこ落ち着いてるようで大家さんも尖ってるっぽいし。火種残したまんまでずるずる戻るのは、正直オススメしない」

「あー……うん。そうだった」

頷きながら、心臓の奥が痛くなった。俯き加減になった晴弥の肩をぽんと叩いて、篠山は車をスタートさせる。

「ま、そうはいってもそれなりの猶予はあるだろうけどさ」

「……猶予？　何で」

思わず口にした晴弥にちらりと目をくれて、篠山は微妙な顔で笑った。

「月下美人、まだ仕上がってないだろ。その状況であのじいちゃんがおとなしく田所を帰すとは思えない」

16

突然来訪した浅見を迎えた家主夫妻は、ごく泰然としていた。

浅見は以前から夫妻と面識があったのだそうだ。とはいえ自宅を訪ねるのはこれが初めてで、場所も知らなかったという。

「知ってたら絶対、早々に連れ戻しに来てたよな……」

浅見と自身の祖父母が挨拶し合うのを眺めて言う篠山は、晴弥が連れ戻しに遭ったらとずっと心配してくれていたらしい。

どういう経緯で話が決まったのか、晴弥は挨拶を終えた浅見を離れのアトリエに案内することになった。

お茶のセットを手についてきてくれた篠山の祖母は、テーブルのセッティングをすませるとすぐに席を外してしまう。今さらの気遅れを覚えた晴弥が心細くそれを見送っていると、背後で浅見の声がした。

「描けるようになったんだな」

未完成の月下美人の前に、浅見がいた。顎に指を当て少し離れて、かと思うと顔を寄せてしげしげと眺める様子に、晴弥の中でまたひとつ違和感がはじけた。喫茶店で友美といた時のそれよりももっと古い、晴弥にとって何よりも大切な記憶の中の――。

(これ、おまえがかいたのか。すげえなあ！)

(しょうがない、おれがずっといっしょにいてやるよ)

「……――え？」

思わずこぼれた声に、浅見が振り返る。「どうした」と訊く声の静かさに、言葉は勝手に口から出ていってしまった。

「あ、のさ。も、しかして――初めて幼稚園で会った時、おれが絵を描いてるの、すぐ傍で見て、た……？」

「へえ？　覚えてんのか。けどおまえソレ、ショウだと思ってたんじゃねえのか？」

揶揄《やゆ》めいた物言いは、けれど明らかな肯定だ。視界がぐらぐらするような目眩《めまい》を覚えて、

晴弥はどうにか声を絞る。

「じゃあ、……だったらあの時、ショウ兄、は」

「母親と一緒に園庭にいたんじゃねえの？　弟ができたってはしゃいでた割に、実際どう接すればいいのかわからなかったみたいだったしな。母親の方はおまえの情報リサーチとかで先生に食らいついてたし。俺はたまたまショウと一緒にいて、おまけ扱いでついて行ってただけだったんだが」

「そう、だったんだ……でも、じゃあ何でおれ、それをショウ兄だって思い込んで」

それなら、あれは浅見だったのか。正治に捨てられた時点で無意味になったと思って、それでもずっと晴弥の宝物だったあの言葉は、目の前の男からの。

「あの後一年半ほど俺は田所家への出入り禁止食らって、ショウともろくに会えなくなってたからな。次に顔を合わせた時はもう、おまえは小学生になってた」

「出入り禁止って、あんた何やらかしたわけ」

言いながら、そんなわけがないとつい首を傾げていた。そんな晴弥に、浅見は少し考える素振りを見せる。

「おまえ、俺とショウが従兄弟《いとこ》なの知ってるんだってな。誰から聞いた？」

「えー……と、そこはまあ、内緒のスジで」

「内緒」

繰り返した浅見が眉を上げる。圧を増した空気に少々怯《ひる》みながら、これだと余計にバラせないと奥歯に力を込めた。その様子に、浅見は広い肩を竦めてみせる。

「うちとショウんとこと、母親同士が姉妹なんだよ。ただ、昔から折り合いが悪かったとかで、向こうの母親は俺とショウが仲良くするのをよく思ってなかったらしい。まあ、同い年で従兄弟となると、何かと比較されるしな」

浅見の母親の生前から、そうした空気はあったのだそうだ。それが、正治を連れて晴弥の父親と同居を始めたのを契機に表面化した。しかも晴弥とその実父を巻き込んで、だ。

「おれ、とうちの父親、は……でも、浅見んとことは関係ないよ、ね？」

「ところがショウの母親——叔母は以前、うちの親父《おやじ》に片思いしていたらしくてね。母が亡くなった後で少々色気を出したものの、まるで相手にされずにいるうちにおまえの父親と出会ったわけだ」

浅見の父親とその母親姉妹は、近所に住む幼なじみ同士だったのだそうだ。正治の母親は昔から浅見の父親べったりだったため、当然のように晴弥の父親とも引き合わせることになった——のだが。

「そこで何か感じるものがあったんだろうな。晴弥の親父さんは叔母とうちの親父に距離を置かせたい、叔母は俺とショウを引き離したい。結果として出た口実が『まだ小さい子がいるし、いきなりの環境変化で戸惑うことも多い。なので、当面は家族だけで過ごしたい』だったわけだ」

「えー……」

何だそれ、と呆れたものの、空気感は読み取れた。

なるほど、あの実父が浅見の父親に敵愾心《てきがいしん》を見せるわけだ。そのくせ晴弥に関するあれこれを任せたのは、つまり面倒を押しつけたつもりなのだろう。だったら、普通なら感謝するはずの相手に上から目線で出てもおかしくはない。

「じゃあ、それが一年半で終わった、のは？」

「ショウが音を上げた。一見人当たりがいいようで妙に流されやすかったのが、俺がいることでカモにされずにすんでいたらしい」

つまり浅見が防波堤になっていた、ということか。以前の晴弥なら「それはない」と言っただろうが、今となっては何となくわかる気がした。

「ただ、そこで予想外の弊害がおまえに出たんだよな」

「え、おれ……？　って、何かあったっけ」

「顔の造作は全然なんだが、雰囲気がな。おまえ、うちの母親にそっくりなんだよ。そこにうちの親父が反応した」

出入り禁止を解かれて以降、浅見の父親も晴弥と顔を合わせるようになった。当時から家庭内での晴弥の扱いには微妙なものがあって、だからこそ余計に気にかけていたのだそうだ。

それを、実父が快く思うわけもない。正治の母親にしても、初対面から露骨に晴弥とは距離を置いていた。

そこで、わざわざ揃って「あまり晴弥を構ってくれるな」と言ってきたらしい。親類だということは晴弥には話すなと、釘も刺してきた。曰く、自分たちは籍を入れていないし、そうなると晴弥は赤の他人でしかないのだから、と。

「どういう理屈だとは親父も思ったらしいが、ある意味正論ではあるからな」

「そ、うなんだ。それで、おれだけ知らなかった……？」

聞きながら、何となく腑に落ちた。つまり晴弥の扱いについて、アメリカにいるふたりは利害が一致していたわけだ。面倒で厄介だから関わりたくない、けれど他の人間が構うのも許せない、という意味で。

「でも、じゃあおれが浅見んちで同居してたのって、アメリカにバレたらまずくない……？」

「そこはまあ、物は言いようってヤツだな。向こうには、ちょっとトラブルがあったんで下宿屋に移ったと伝えてある。ショウは軽く脅して口止めした。——おまえの反応が相当ショックだったらしいし、まず告げ口はないだろ。あったとしても今ならどうにでもなるしな」

知らないことだらけだと小さく息を吐いて、晴弥は改めて浅見を見上げる。

「小学校二年のスケッチ旅行って、浅見と一緒……だったよね？」

「ああ」

即答するくせ表情が意外そうなのは、晴弥の記憶の齟齬《そご》に気付いていたからだろう。だったらと、晴弥は言葉を探す。

「じゃあ、その……浅見がおれに意地悪かったのって」

「あれだけ懐いてたのを全部忘れられた上に、ショウにばっかりついて歩くのを見せられて面白いわけがねえだろ。おまけにおまえ、ショウ以外にはほとんど無反応だし」

だからつついて刺激してやったんだと言われて、さすがに脱力した。

「……おれ、いそぎんちゃくじゃないんだけど」

「それ言うならオジギソウじゃねえ？　ああ、でもそれほどおとなしくはないか」

いつもみたいに鼻で笑われて、それを今はひどく切ないと感じた。

「まあ、今にしてみれば無理もなかったと思うがな。幼稚園児の頃に一度会ったきりの相手をまともに覚えてるわけもなし。スケッチ旅行ん時はおまえ、帰ってからさんざん叱られたんだろ？　知らない忘れたって泣いてたのはショウから聞いてるし、だったら記憶が混乱するのも道理だ。――実際んとこ、おまえがショウを支えにしてるのは一目瞭然だったしな」

他に逃げ場がないのは見ていればわかった、と浅見は言う。

「何とか助けてやりたくても俺もガキだったし、叔母の言う通り正確には他人だ。俺と親父が下手《へた》に関わると、むしろろくでもない目に遭うのはあの旅行の後でよくわかった。親父は通報も考えたようだが衣食住はきちんと与えられていたし、何より傍にショウがいて、自由に絵も描ける。――施設行きになれば、ショウと離れた上に絵も自由にならなくなる」

だからできるだけ近くで、最小限に関わっていたのだという。

「じゃあ、寮の面会にいっつも浅見が来てたのも？」

「そこはまあ、放置できねえんだからしょうがねえだろ」

苦笑交じりに言って、浅見はふと身を屈《かが》めた。晴弥と目線を合わせて言う。

「他に聞きたいことは？　できれば今日中にマンションに連れて帰りたいんだが」

「それも、放置できない、から……？」

「あー……まあ、そんなとこだな」

少し困ったように言われて、晴弥はそっと奥歯を噛む。先ほどの、篠山の言葉の正しさを改めて思い知った、

（家出の原因はちゃんと全部片付けておいた方がいいと思うよ）

（火種残したまんまでずるずる戻るのは、正直オススメしない）

その通りだ。このまま帰ったって、何ひとつ解決しない。

「とりあえず、ショウとは絶縁中だ。晴弥が直接話したいならセッティングはするし、必ず立ち合うつもりでいる。彼女の方には二度とうちに来るなと釘を刺しておいた」

「…………」

「他に何が気になる？　この際、洗いざらい言っておけ。今さら何を言われても俺は気にし

ない」

「気に、しないって」

思わず苦笑して、その後で気付く。考えてみれば、晴弥がまともに文句が言えたのは――言いたいことを我慢せずぶちまけることができたのは、浅見が相手の時だけだ。

実父とその妻は、言いたいことが言えるような相手じゃなかった。正治相手だと嫌われたくない気持ちが強くて、蹲《うずくま》って泣き落とすのがせいぜいで。浅見の父親は他人で恩人という感覚が強くて、どうしても気持ちがよそ行きになった。

……大嫌いだと、厭なやつだと面と向かって言い放って、それでもまた来ると疑わずにいられたのは浅見だけだ。そういう意味では、知らない間にずいぶん甘えていたことになるんだろう。

「気になってることがあって、さ。浅見、あの女におれの帰宅時間教えた……？」

「だから、あの女呼ばわりはよせって」

「だって名前覚えてないし。浅見だって彼女としか言わないじゃん」

指摘に、浅見はとても微妙な顔をした。

「心証的にはおまえと似たようなもんなんで、名前は呼びたくねえんだよ。……あー、ショウには教えたぞ。あの時は、おまえと引き合わせる以外に手が思い浮かばなかったしな」

「浅見のうちに、入ったことがあるみたいな口ぶりだった、けど？」

「――……インテリアが好きで、低層のマンションに興味があるんだとよ」

数秒の間合いの後の浅見の声は、いつになく低い。

「いきなりショウが連れてきて、中に入れろと駄々を捏ねられたことがあってな。インターホン越しに断ったら男の独り住まいなら汚くて当然だの、何なら掃除してやるだの言い出した。面倒で無視したらショウから泣きの電話が入ったが、結局一度も入れてねえよ」

吐き出すような口調に、「心証的には似たようなもの」については納得した。けれど、今度は別の引っかかりを覚えてしまう。

「そ、うなん、だ……で、も夏休みの雨の夜に、ショウ兄たちのデートにつきあって車出すくらい親しくしてた、んじゃあ？」

「あの時は、ショウに相談があるって呼び出されたんだ。指定の店に行ったら彼女もいて、結局ろくに相談もないまま時間を潰したあげく車でホテルまで送れとゴネられた。断ったのにショウの馬鹿がしつこくて、しまいには勝手にキーを持ち出して乗り込みやがってな。仕方なくショウの最寄り駅まで行って、適当に言いくるめて下ろしたんだよ」

心底厭そうな表情に首を傾げた後で、ようやく引っかかりの意味に気がついた。

「あ、のさ。ショウ兄と浅見って、幼なじみで親友、なんだよね……？」

「あー……おまえはそう思ってるんだったな」

「も、しかして、違う、んだ？」

言った後で、思い出す。そういえばさっきの喫茶店で、友美が「実はそう仲がいいわけじゃない」と言っていなかったか。

「生まれた時からのつきあいではあるが、親友とまで言われると肯定はできねえな」

「そ、……え、でも、だって浅見、ショウ兄には甘い、よね。昔っからおれにはきつかったのに、ショウ兄だけ特別で」

「甘いわけじゃねえぞ。無駄なことをする気がないだけだ」

「むだなこと、って」

ばっさりした物言いには、酷薄な響きしかない。それが意外で目を丸くしていると、浅見はうんざりしたように言う。

「彼女の件なんか最たるもんだが、つきあいが長けりゃそれなりにお互い譲れない部分は出てくるだろ。俺からすれば鬱陶しいだけの相手をわざわざ選ぶのはあいつの勝手だし、議論しても無駄って経験値もあるから適当に流してるだけだ。おまえにきつかったのは、まあ……つつかないと俺には反応しねえし。それと、ショウに夢を見すぎても後々キツいんじゃねえかと思っただけだ」

「あ、……」

言われてようやく思い当たる。そういえば、以前の浅見のキツい物言いはほぼ全部が「正治に甘えすぎるな」「依存するな」という主旨のものではなかったか。

「何、で？　どうしてそこまでしてくれんの。おれ、他人じゃん。おじさんだって浅見だって、そこまで面倒見る義理なんかどこにもなくて」

思わず口から溢《あふ》れた言葉が、半端に途切れたのは気付いたからだ。彼らがそうまでする「理由」をついさっき浅見から、そして以前にはその父親から聞かされた。

（晴弥くんて、うちの奥さんに似てるんだよねえ。顔の造作ってことじゃなくて夢中になると突進するところとか、好きなことをやってる時の雰囲気がね）

（本当なら枯平には弟か妹がいたはずだったんだよね。無事生まれてたら晴弥くんと同学年だったんだけど）

「義理も何も、親父も俺も好きでやってるだけだぞ」

どうしても放っておけないから。そんな副音声を聞いた気がした。

「……でも、さ。やっぱりもう、無理じゃん？」

意識して、晴弥は顔に笑みを貼り付ける。少し怪訝そうにした浅見を見上げて、わざと小憎らしく言ってみた。

「浅見、海外転勤希望してるみたいだし。それがなくてもいずれ結婚するだろうし？」

「そんなもん、ガキが気にする必要はねえんだよ」

「そうはいかないよ。おれも三年半の大学生活くらい、落ち着いて過ごしたいしさ」

軽く言って、わざと浅見に背を向けた。壁際にずらりと並んだ棚と、作業台を示して言う。

「このアトリエ、凄いよね。窓とかも日当たり計算してさ、自然光で色が見えるよう調節できるようにしてあるんだって。土間だから床の汚れも気にしなくていいし、作業台も広くて使いやすい。さっきの水彩画もここで描いたんだ」

「……晴弥？」

「篠山のおじいさん、卒業までここにいていいって言ってくれてるんだ。この離れ全体、おれの好きに使っていいって。あり得ないくらい破格じゃん？　だからさ」

言い様に振り返ると、胡乱な顔をした浅見と目が合った。

「おれ、ここで絵を描きたい。浅見のとこには戻らない」

だって今さら、弟になんかなれない。浅見のことを兄のように思うなんて、絶対に無理だ。浅見だって以前、晴弥のことを弟モドキとしか言わなかった。

内側で自分に言い聞かせて、晴弥は意識して笑ってみせる。何も考えていない、子どものフリで。

浅見はかすかに眉を寄せた。そのくせ何も言わずに、じっと晴弥を見つめている。気のせいだろうか、静寂がひどく耳に痛い。

「――なあ。おまえ、まだ俺が嫌いか」

不意打ちの問いに、咄嗟に答えが出なかった。思わず一歩退いた腕を取られて、晴弥はその場で硬直する。

「ここが気に入ったのはわかった。だが、卒業まであと三年半だ。その間はうちにいろ」

「だ、から。それだと邪魔になるって言ってんじゃん」

やっとのことで絞った声は、自分でも厭になるくらい無様に震えていた。

「浅見、おれのこと面倒で厄介だって前から言ってたし？　本当の弟とか親類ならともかく、おれ、他人だよ。そこまで面倒かけられない――」

「質問に答えろ。まだ俺が嫌いか。これ以上関わりたくないから出ていくってことか？」

前半は間違いで、後半はその通りだ。だから頷くことも首を横に振ることもできずに、晴弥はきつく奥歯を噛む。

返事を待ってくれているのか、浅見は無言だ。けれど腕を掴む指が逃げられないほど強いくせに優しくて、そう思うだけで息苦しくなった。

本当は、一緒にいたい。どうせ卒業してしまったら、晴弥は遠くに行くしかない。だったらせめて三年半、浅見と一緒の思い出が欲しい。

どんなに厭味でも、意地悪でもいい。好きなだけ肘掛け扱いされて構わないし、でこピンだって我慢する。ちゃんと夕食を作って一緒に食べて、それからアトリエで絵を描いて――時間になったら迎えにくる浅見と一緒にベッドに入って、寝入った頃に抱き枕にされて。夜明け前、ぶつくさ言いながら寝ている浅見を乗り越えて、アトリエまで迎えに来てくれた浅見と朝食を摂って。

「晴弥？」

低い声に、ほんの少しだけ顔を上げる。一瞬だけぶつかった視線を俯くことで外して、なのに腕から伝わる体温を痛いほどに意識した。

この腕に抱き枕にされて、どうして平気だったのか。そんな思考が胸に落ちた。

今にして思えば、あれはとんでもなく贅沢《ぜいたく》な時間だった。それが、望めばあと三年半も続けられる。だからこそ自分には無理だと、痛いように思い知った。

自分がどんなに我が儘で強欲かを、晴弥はよく知っている。この先浅見に恋人ができたら、結婚すると聞かされたら、きっとあの女にしたように粗探しをして、ひどい言い方で貶《おとし》める。浅見を奪《と》られたくなくて必死になって、けれど結局は諦めるしかなくなる。

だって、浅見は晴弥をそういう意味で好きなわけじゃない。弟に重ねて、あるいは今は亡い母親に似ているから。そうして十年以上気にかけてきた結果、「放っておけなく」なっているに過ぎない。

浅見にとっての「一番」になれるわけじゃないと、知っていても。弟扱いとはいえ破格に気にかけてもらっても、だからいいなんて言えない。どうしても全部が欲しくて、近くにいたら絶対我慢なんかできない。それほどまでの強欲が自分の中にあるなんて、今の今まで知らなかった。

「……そうか。わかった」

ぽつり、と耳に入った声に、びくりと肩が大きく揺れる。それに気付いたのか、腕から離れた手のひらが、いつものように頭の上に乗ってきた。

「しつこく問い詰めて悪かった。……もう、やめておく」

「……──っ」

静かな声とともに、頭上の重みが消える。俯いた視界の中、長い脚が踵を返してゆっくりと離れていく。

晴弥の気持ちを誤解したまま、で。

ひゅ、とかすかに喉が鳴る。ほとんど同時に顔を上げると、浅見の背中と月下美人が同時に目に入った。耳の奥で響くのは、篠山の祖母の柔和な声音だ。

(はかない恋、ね)

(恋文みたいなんだもの)

「……──っ、だって、浅見は絶対困るじゃんっ」

気がついたら、半分泣いているような声を上げていた。

「あ、きらめなきゃ駄目なのに、諦めようって必死にやってんのに、何でそんなこと言うんだよっ、嫌いなわけないじゃん、すごい好きで、でもショウ兄の時簡単だったから浅見のこともすぐ諦められるはずで」

引き戸の前で振り返った浅見が、唖然としている。それがわかって、駄目だやめろと自分で自分を制止して、なのにどうしても声が止まらなかった。

「な、のに全然できなくて——こ、こに来てからも毎朝毎晩、浅見のことばっかり思い出して全然眠れなくて、絵を描いてても浅見のことばっかりで」

「晴、弥……？」

「そ、れで、一緒に帰ってどうすんだよ。また、おれ我慢すればいいの？　浅見に彼女ができて結婚が決まったら笑ってお祝い言って、ちゃんと浅見の弟しなきゃなんないんだ？　何で、おれ、だって、好き、なのに——」

言うはずの言葉がいきなり途切れたのは、大股に戻ってきた男に強引に抱き込まれたせいだ。ちゃんと意識がある浅見にされたのは初めてで、それが嬉しいのに忌々《いまいま》しくて、晴弥は目の前の広い肩にこぶしをぶつけてしまう。

「ショ、ウ兄相手だったら、できるよ。だってもうおれのじゃない、最初っからおれのじゃなかった！　ショウ兄が本当はおれのことなんかそんなに好きじゃなかったくらい知ってた、だから浅見だってすぐ終わったことになるはずって、嫌いになってもらって離れようって、そう——で、も浅見は、浅見だけはどうしても無理で、できなく、て」

自分で、自分が何を言っているのかわからない。それでも口が止まらない晴弥の背中を、大きな手のひらがそっと撫でる。幼い子どもを宥《なだ》めるような仕草に、ふっと昔のことを思い出した。

例の、スケッチ旅行の時だ。宿泊先の民宿で夜中に目が覚めて、でもトイレの場所がわからなくて——ひとりで廊下に出る勇気もなくて半泣きになっていたら、隣で寝ていた浅見に「どした？」と声をかけられた。返事ができずにいたのに「あ、トイレか」と気付いてくれて、知らない廊下の先まで手を繋いで歩いてくれた。用をすませてほっとして、廊下に出たとたんに眠くなって——「ガキー」という揶揄の声とともに不器用に抱き上げられた。

誰かに抱えてもらうことに慣れていなくて、浅見もたぶん不慣れでその分だけ不安定で。今にも落とされそうなバランスが怖くて、なのに背中に回った腕の温かさと力とに、ひどく安堵した。何の根拠もなくもう大丈夫だと思って、その後は安心して眠った……。

「一応、確認する。今のは告白で間違いないか」

「——っ、な、にそれ、そんなん言わなくてもわかんない？」

不意打ちの問いに一拍詰まって、けれど言葉は止まらなかった。

「だ、いじょうぶだよ、あり得ないのも、浅見にその気がないのも知ってるし！　おれなんかガキで、相手にされるわけがなくて」

「おいコラ待て、落ち着け」

「何で？　何が落ち着けばいい？　だってどうせ駄目じゃん、だからおれ諦めようって」

「……だから待てって」

ため息交じりに、今度は手のひらで口を塞《ふさ》がれた。優しいはずの体温の暴挙に顔を顰めて一拍後、頭に上っていた血が急激に下がっていく。今さらに自分が何を言い放ったのかを思い知って、今度は全身から血の気が引いた。

「返事はいい。今、貰った」

「……、——」

もご、と口を動かしたとたん、淡々とした声に絶望的なことを言われた。

固まったように、思考が動かなくなった。それでもぎくしゃくと頭を振ると、口を塞いでいた手が離れていく。短く息を吸って、晴弥はどうにか声を絞った。

「や、……今の、ちが——うそ、で」

「おまえ、嘘つく時こっちの眉だけ動くよな。さっきは動いてなかったが？」

「そ、——……」

「顔上げて、こっち見てみな。ん？」

こんな時に、そんな優しい声を出すなんて卑怯《ひきょう》だ。思うのに口に出せず、ただ奥歯を噛むしかなかった。

「……強情、だよなあ」

呆れたような声音とともに、いきなり顎を掴まれる。ふいと横を向こうとしたのに、強い力で強引に顔を上げさせられた。目を伏せていたはずが一瞬だけ視線がぶつかってしまい、慌ててどうにか顎を引く。

「晴弥？」

「も、や――ん、……っ？」

こんな時まで意地悪しなくていいのに、思ったのとほとんど同じタイミングで目の前に影が落ちた。何がと思う間もなく呼吸を奪われて、晴弥は瞠目する。

視界いっぱいにあるのは浅見の顔だ。近すぎてピントが合わなくて、なのにやっぱり悪役顔だと頭のすみで感心する。それとは別に、唇に触れている知らない体温と腰に回った腕の力を、顎を撫でる指の動きを感じていた。

「――こういう時は目を閉じるのがセオリーだって知らないか。さすがお子様」

「な、に言っ……だ、って何――おれ、こんなんはじめて、で」

「そりゃ僥倖《ぎょうこう》だ。でなきゃ怖い目に遭うところだったぞ」

「こ、わいめ、って、」

唇同士が触れるような近くで、浅見の囁《ささや》く声がする。見下ろす視線が「怖い目」のところでふと色を変えるのを知って、背すじにぞくりと何かが走った。一瞬引いたはずの顎をもう一度強く掬われて、またしても唇が落ちてくる。

さっきは触れただけで離れたキスに、今度は角度を変えて何度も啄《ついば》まれる。唇を食《は》まれ吸われたかと思うと、無防備になっていた合わせを濡れた体温で撫でられた。びくんと跳ねた肩に気付いたのか、逃げる前に後ろ頭を摑まれて、もう一度呼吸を重ねられる。

「あ、さみ――」

ようやくキスが離れた後、無意識に呼んだ声は音になっていただろうか。晴弥の思考の一部は大混乱の渦中で、残りの大部分は固まったままだ。

「な、……んで？　だ、って――おれ、弟、の代わり、で」

「弟相手にこんな真似してどうするよ」

「う、じ、じゃあ、何で、こんなん」

「それをこの状況で言うか」

至近距離で見下ろしてくる浅見の顔は呆れているのに、声はこの上なく楽しそうだ。そのせいか、変に遊ばれているような気分になった。

「弟の代わりが欲しいと思ったことはないいし、ただの同情で大学生にもなった男を保護するほど酔狂でもない。なのにおまえを逃がすまいと必死になったあげく、キスまでする心理ってのは何だろうな？」

「だ、……で、も」

浮かんでくる答えはあまりにも都合がよすぎて、手を伸ばすのが怖い。だから、晴弥には奥歯を噛んで見返すしかできない。

「第一、俺がそこまで博愛主義者に見えるか？」

「全然……だ、で、でも過保護、だよね。篠山が言ってたし、おれも、そう思――」

「そこで即答するか。まあ、つまり相手次第ってことだな」

「あいて、しだい」

近い距離での視線を感じながら、晴弥はつい眉を寄せる。ふと浮かんだのは、とても微妙な言葉だ。

「あさみって、実はろりこん……？」

「おいコラ待て」

とたんにワントーン低くなった声とともに、額に額をぶつけられた。比喩でなく硬い音がして、晴弥は痛みに涙目になる。

「変なとこ抉るな。こっちも多少は気にしてんだよ。あと、一応断っとくが。そういう意味で気になりだしたのはおまえが高等部に上がってからだからな」

「こうとう、ぶ……？　え、何かあったっけ」

「進学相談。ショウの傍にいたいから外部受験するとか言いやがったろうが。そん時に、まあ……俺んだろうが、と思ったのが最初だった、んだろうな」

「おれん、だろう、が……？」

「よりによってそこを繰り返すか」

渋面とともに、今度はでこピンをされた。二重の痛みに半泣きで顔を歪《ゆが》めた晴弥を見下ろして、浅見は心底呆れたようなため息をつく。

「それまでは妙に気になる小憎らしいガキってだけだったんだ。最初あんだけ懐いておいてあっさりショウに行っちまうわ、俺にだけ妙に睨むわ反抗するわで、極めつけが毎度の大嫌い宣言だったしな。——まあ、放置できなくなった時点で諦めてはいたんだが」

まさかこうなるとは、と続く声は本気で不本意そうで、晴弥はつい唇を尖らせる。恨みがましく見上げていると、ため息とともに痛む額を撫でられた。

「赤くなってんな。後で冷やしてやる」

「だったら最初からやらなきゃいいじゃん……」

「されたくなきゃ口に注意しろ」

不遜な声音とともに、指先で唇を撫でられる。流れるように動いた指に顎を押し上げられたかと思うと、再び唇を奪われた。やっぱり目を見開いたままでいると、至近距離の浅見の目が呆れの色を帯びる。指先でそっと瞼《まぶた》を閉じさせられた。

「ン、……っ」

顎の下を擽られて、喉から音のような声が出る。初めて聞く自分の声の響きに少し驚きながら、晴弥は広い背中にしがみついた。

結局、浅見はそのまま篠山の祖父母宅に泊まることになった。

「話し合い」がそこそこ一段落したタイミングで、内線の連絡が来たのだ。夕食にするから母屋までいらっしゃいと言われたから素直に返事をして、微妙な顔をする浅見を引っ張るようにダイニングへ向かった。老夫妻に篠山も一緒の夕飯はいつになく豪勢だったけれど、浅見が老人の隣に呼ばれてずっと話し込んでいたのが晴弥にはちょっと不満だった。食事が終わると浅見は母屋の、晴弥は離れの浴室を使うように言われて、――湯上がりの今は離れの自分の部屋で、畳に敷いた布団に座り込んでいる。

時刻はそろそろ九時を回るところだ。さっきまで一緒にいた篠山は今日は母屋に泊まるとかで隣の部屋から自分の布団を運び出し、代わりに真新しい布団を運んできた。手伝ってと言われてシーツをかけている最中に、疑問が顔に出ていたらしい。少し呆れた顔で、「今夜ここで寝るのも、これ使うのも大家さんだからな」と教えてくれた。

(そんで? 夕食ん時の様子だと、大家さんとそれなりに和解できたんだよな?)

(あー……うん。たぶん?)

そっか、と答えた篠山が呆れ顔だったのが気になっているけれど、ひとりで考えても無駄と頭を振った。それより隣の部屋が気になって、晴弥は落ち着きなく耳を澄ませている。この離れは古い造りだから、渡り廊下のドアの開閉も廊下の足音もよく聞こえるのだ。

何となく息を潜めていると、じきに待っていた足音がした。ここと隣と、ふたつ並んだ部屋の前でいったん足を止めて数秒後、ゆっくりドアが開く音がする。

「えー……」

注視しても微動だにしないドアに、こっちに来てくれないのかと落胆した。むくれたまま
そろりと出てみた廊下は、薄明かりの中でも無人だ。

横に二歩歩くだけで、そこは篠山の――浅見の部屋の前になる。もしかして気付いてくれ
ないかとその場で待ってみたものの、隣室はしんと物音ひとつ聞こえない。

気合いと勢いを総動員して、晴弥はドアに手をかける。そのくせ微妙に腰が引けてしまい、
十五センチだけ開いた隙間から覗き込むのがせいぜいだ。

「あ、さみ……？」

「晴弥」

さっき晴弥と篠山が敷いた布団の上に、浅見がいた。いつもは緩くくせがある髪が半乾き
の今はまっすぐで、少しサイズが合わない浴衣はきっと篠山の祖父からの借り物で、なのに
妙な色気があるのはどういうことか。少したじろいだ後で、そういえば寝起きもやたら色っ
ぽかったんだと今さらに思い出した。

「どうした、何かあったか？」

「そ、うじゃない、けど……その、……今日は一緒に寝ない、んだ……？」

しどろもどろに言葉を探した結果、とんでもない一言がこぼれ出た。晴弥自身ぎょっとし
て固まったけれど、浅見の方も絶句したようだ。

「――おまえね。だから何でそういう」

「だって一緒に寝ないとおれ、またアトリエ行っちゃうよ⁉　そのまんまあの土間で寝るかもだけど、浅見はそれでいいんだ⁉」

すぐさま前言撤回するはずが、呆れ果てた顔と声で言われてカチンと来た。夕食前までの甘い空気はどこに行ったと本気で悩んでいると、浅見がため息をつくのが聞こえる。

「人の気も知らないで、と言うべきか。自分から巣穴を出てきたのを歓迎すべきか」

「は？　すあなって何」

「野生動物が一時的避難所として地中に作るトンネルまたは穴。ああ、でも繁殖期に使われるものでもあったな」

「はんしょくき」

繰り返しながら、鼻の頭に皺《しわ》を寄せていた。前からそうだったけれど、人が真面目に話している時に余所事を言い出すのはやめてもらえないものか。

「晴弥。――おいで」

「う、」

座ったままの浅見に手を差し出されて、今さらに気恥ずかしくなった。妙な具合に固まったままぎくしゃくと近づくと、苦笑交じりに手を引っ張られる。声を上げる間もなく、晴弥は布団の上――というより浅見の上に半分座り込む形になっていた。

「よし、寝るか」

「え、でもまだ早くない……？」

「おまえ、明日の朝もアトリエ行く気だろ。だったらとっとと寝た方がいい」

言われてみればその通りで、ごく素直に頷いた。膝の上に乗り上がったせいで見下ろす形になったのは新鮮だけれど、バランスの悪さはどうしようもなくて、自分から浅見の首にしがみつく。

「おまえ、また……まあ、素直なのは大歓迎なんだがな」

半分喜んでいるようで、もう半分では渋い。そんな複雑な顔のまま、浅見の腕が晴弥を抱え直す。そのまま晴弥ごと、布団の上に転がってしまった。

隣り合う形で横たわった男の懐に目が行って、何となくそこに潜り込んでみる。「おいコラ」という呆れ声を無視して浴衣の合わせに顔を擦り付けると、さらりとした生地越しに馴染んだ浅見の匂いがした。

「こういう時は本気で猫だよな、おまえ」

「そんなん言われても飼ったことないから知らない」

「気が乗ればべったり甘えてくるくせ、そうじゃない時は爪でひっかいてでも逃げる。まんまじゃねえか」

「それ、貶してんの？　だいたい浅見はおれを何だと思ってるわけ」

猫だのいそぎんちゃくだのオジギソウだの……いや真ん中は浅見じゃなく自分で言ったのだったか。さっきは巣穴がどうこう言われたが、どうにも褒められている気がしない。

はずみで腕枕の形になった方の指先で晴弥の髪を撫でながら、浅見は仰向けに体勢を変える。天井の明かりは点《つ》いたままで、けれど消すのが面倒だ。晴弥もだけれど、浅見にも動いて欲しくない。

「中身びっくり箱だろ。どうやっても思考回路が理解できねえ」

「何それヒドい」

むっと唇を尖らせて、晴弥はむくりと身を起こす。並んで横になると目線の高さが同じになって、それはどうにも面白くない。かといってこうして起き上がってしまったら、くっついていられなくなる。

どうしたものかと浅見を見下ろして悩んで、画期的なことを思いついた。

「は？　おい、ちょ……晴弥っ」

「人のこと言えた義理ないよね。浅見だって結構、わけわかんないじゃん」

仰向けになった浅見の「上」に乗っかってしまえば、上から見下ろす形のまんまでくっつけるのだ。ちょっと不安定かと思ったのも、すぐさま伸びてきた腕が支えてくれたので良しとした。

「おまえね……絶対、何も考えてねえだろ」

「何が。それより浅見、気付いてないよね。夜な夜なおれにナニしてたか、とか」

「あ？　ああ、あれか。ただの落下防止だ、イカガワシイ言い方すんじゃねえ」

「らっかぼうし。……抱き枕扱いじゃなくて？　え、自分でもわかってたんだ？」

気付いてないと思ってたのに、と続けると、浅見は呆れたように目を眇《すが》めた。

「そっちこそ、初めてうちに泊まった時に三度ばかりベッドから落ちかけたの覚えてねえだろ。だから壁側で寝させた上で、念を入れて拘束してたんだよ」

「え、そうなんだ。ありがとう？」

浅見の身長に合わせたせいなのか、あのベッドは背が高めだ。床はフローリングで、落ちたら痛いに違いない。

なので素直にお礼を言ったら、浅見はにやりと悪役顔で見上げてきた。

「ま、普通に下心はあったがな」

「えー……熟睡してるとばっかり思ってた」

「起きてるとバレたら全力で逃げられると踏んだ」

曰く、速攻で抗議か文句が来ると身構えていたのだそうだ。なのに晴弥は「寝床を別にしろ」と言うばかりで、だから却下するのは簡単だったと何故か自慢そうに言われた。

「それって、世に言うむっつりすけべ……？」

「やかましい。こっちはこっちで細心の注意を払ってたに決まってんだろ。そもそも嫌われてると思ってたんだ。おまけに、わざわざショウが大好きで諦めきれないとか言いやがったのは――この口、だよなあ？」

言葉とともに、上下の唇をまとめて摘《つ》まんで引っ張られた。痛くはないものの物理的に反論できず鼻の頭に皺を寄せていると、後ろ頭を抱き込まれて額同士をぶつけるようにされる。そのまま、啄むようなキスをされた。

「だってあの時、浅見が好きだって気がついたんだよ。けど、ずっとショウ兄が好きだって言ってたのに急にそう言ったって絶対信じてもらえない、むしろ軽蔑されるって、そう」

うん、と先を促す声は、ほとんど吐息のようで優しい。長い指で眦《まなじり》のあたりを撫でられて、心地よさに目が細まるのが自分でもわかった。口に出したら笑われそうだけれど、浅見の指は魔法の指みたいだ。

「その前に、友美さんと浅見が結婚間近だって聞いてたし。どうせ嫌われてるんだったら、いっそもっと嫌われた方が諦めがつくと、思って」

つまり、お互いでお互いに嫌われていると思っていたわけだ。何となくそう思って、今の状況がとても不思議なものに感じてきた。

……もしかして、これが都合のいい夢だったらどうしよう。

何の脈絡もなく浮かんだ思いつきに、急に不安になった。確かめるつもりで、晴弥はすぐ近くにある浅見の唇を指で辿ってみる。眉を上げた男に即座に咥《くわ》えられ、軽く歯まで立てられて、慌てて手を引っ込めた。それでもまだ足りない気がして、もっと顔を近づけてみる。

「おい？　晴弥、何——」

浅見の目がまん丸になったのをレアだと密かに喜びながら、少しかさついた唇に自分からキスをする。触れて離れただけでは足りずに何度も啄んで、気がついたら浅見の唇を舌先で嘗《な》めていた。これもやっぱり「猫みたい」と言われるんだろうか。

「おいコラ、こんなところで煽《あお》るな。だいたいおまえ、まだ十八だろうが」

「う、ん？　もうほとんど十九だよ」

「ほとんど、じゃねえよ。ちゃんとなるのは明日だろ」

ため息交じりに言う浅見は、晴弥の誕生日を覚えていたらしい。それを、自分でも驚くくらい嬉しいと感じた。

17

翌日はいつものように夜明け前に起きて、まだ眠っている浅見の抱き枕から脱し——ようとしたら、目を覚ました相手にひとしきり弄《いじ》られた。結局一緒にアトリエまで行き、ソファに座り込んだ浅見を背にキャンバスに向かって驚く。

昨日の朝までは見るたび気持ちが痛かったはずの月下美人に、新しい色が見えていた。

なるほど描き足しかと頷きながら、何となくほっとした。パレットを手に筆を使う間も背中にずっと視線を感じたけれど、それもすぐに忘れて内線電話で朝食の知らせが入るまで没頭していた。電話に出た浅見がいつもの力業で気付かせてくれて、連れだって母屋のリビングに向かう。

そこに、予想外の人が待っていた。浅見の父親だ。晴弥を見るなり笑顔で誕生祝いを言ってくれて、「これプレゼント」の言葉とともに小ぶりだけれどそこそこ重い段ボール箱を押しつけられた。

「おいコラ。無理に重いもの持たせるなっての」

「むしろおまえがとっとと荷物持ちしないことが問題だよね。ついでにおまえ、何でここにいるわけ」

言うなり、晴弥の手から取った箱を「こっち置いておくね」の一言で部屋のすみに片付けてしまった。目はちっとも笑っていないにこにこ顔で、渋面の浅見を引っ張って隣の部屋に行ってしまう。

「あの、おじさん――」

「晴弥くん、昨夜はちゃんと眠れた？　さあさ、朝食にしましょうね」

追いかけようとした背後から、篠山の祖母の声がかかる。襖《ふすま》が開け放たれた広い和室の向こう、ほぼ対角線上にいる浅見父子を気にしていると、「あらあら、仲のいいこと」と笑みを含んだ声で言われた。

「仲いい、……んですよ、ね？」

確かにと頷いて、言われるまま席についた。見ればすでに篠山がテーブルについていて、

「よ」と手を上げてみせる。

「おはよ……昨日はその、いろいろ」

「いいって。それよりここ食べ終わったら、大家さんの布団片付けに行きたいんだけど」

「あ、そっか。おれも手伝う？」

「……おう、よろしく」

何となく妙な間合いを感じたけれど、気にせず流すことにした。晴弥たちが食べ終える頃に戻ってきた浅見父子が朝食の席につくのと前後して、篠山と連れだって離れに向かう。

「じいちゃんから聞いたけど。今の絵が仕上がるまではここにいるって」

「あー……うん。そういうことになったんだ……？」

どうやら、篠山の祖父と浅見の間で決まってしまったらしい。気になっていただけにかえってほっとして、晴弥は枕からカバーを引っ剝がす。

「なった、っていうよりそうさせた、の方だろ。毎日、進捗《しんちょく》見るのが楽しくて仕方ないみたいだぞ」

「娯楽になってんの？　だったらいいかな」

　他愛のない話をしながら、剝がしたシーツと布団を母屋まで運ぶ。そのタイミングで、篠山と一緒に買い物に行くよう頼まれた。浅見はと目で探していると、篠山の祖父がにんまり笑って言う。

「心配せんでも、晴弥くんの留守に帰したりせんぞ」

　顔から火が出るかと思った。逃げるように篠山の車に飛び乗って、少し離れたショッピングセンターと、併設のホームセンターでメモ帳を見ながら買い物をすませる。昼を回った頃に篠山の祖父母宅に戻って、今度は別の意味で混乱した。

　どういうわけか、広い庭の片隅でバーベキューの準備が進んでいたせいだ。腕まくりで肉や野菜を焼いているのは浅見父子で、家主の老人は屋外用らしいテーブルの上に皿やコップを並べている。巨大なケーキが乗ったそこに次々と料理を運んでいるのは、妻の老女だ。

「えー……コレって何が起きてんの」

「田所の誕生日祝い」

　即答したのは、運転席で車のエンジンを切った篠山だ。予想外の言葉に晴弥は瞠目する。

「それって、もしかしてたんじょうび会っていうの？」

「その言い方は幼稚園児……まあ、間違ってないけどさ。ちなみに言い出しっぺは浅見さん、大家さんじゃない方な」

何でも当初はどこか会場を借りてという提案だったのだそうだ。それを受けて、篠山の祖父母が「わざわざ出かけなくてもうちで」となったらしい。

「や、でもさ。おれ、ここんちの居候みたいなもんで」

「いいんじゃないの。じいちゃんたちは、むしろはしゃぎまくって楽しみにしてたしさ。あと、離れを貸した時点で田所はじいちゃんたちに身内認定されてるから諦めて」

「え、でも」

「せっかくだし、楽しめば？　ついでにクリスマス前にはたぶんオレのがあるから、その時はつきあって」

けろりと言ったかと思うと、篠山は荷物を抱えて母屋に向かってしまった。まだ車に乗ったまま、晴弥は正直途方に暮れる。

こんなふうに大勢に、祝ってもらったことがないのだ。小学生の頃は正治と浅見が買ってきてくれたコンビニケーキをこっそり食べるのが楽しみで、寮に入ってからは一番近い面会日に贈り物を貰って終わりだった。

本当にいいんだろうかと悩んでいると、気付いた家主に手振りで呼ばれた。車から降りて駆け寄ったら席に座らされ、篠山が戻ったのを機にテーブルについた全員に誕生日の歌まで聞かされる。身の置き所がなかったのはそこまでで、後は賑《にぎ》やかな食事会になった。全員でのんびり飲み食いしてさんざん笑い合って、お開きになった後は全員で片付けをして——今、晴弥は浅見の車の助手席に乗って、見送りに出てくれた篠山の祖父母に頭を下げている。

まだ話したいことがあるという浅見の言い分が、無事通ったのだそうだ。そのまま週明けまで浅見宅に泊まり、月曜日は直接大学に行くことになったと、これは決定事項として伝えられた。もちろん異存はなかったので、すぐに大学の準備をしたが。

「賑やかで面白かったね。誕生日って、ふつうああいうの？」

「いろいろあるうちのひとつ、くらいに思っとけ。今回はまあ、何かやらかすだろうと思ってたが」

車が公道に入った後、シートに座り直した晴弥の言葉に浅見が苦笑する。その響きに、思わず瞬いた。

「やらかすって、おれ何かした？」

「うちの親父だ。おまえがショウのマンションを出た時点で、今年の誕生日は派手にやるって息巻いてた」

「え、と……？　その言い方だと、ショウ兄のとこにいると駄目だった、んだ？」

食事中も晴弥の隣に陣取って、何かと構ってくれた浅見の父親を思い出す。それへ、浅見は横顔で苦笑した。

「俺からしても微妙なもん、親父にすれば完全アウトだろ。まかり間違ってアメリカに知れた日には、ひどい目に遭うのはおまえだ」

「あー……そうかも。って、あれ？　じゃあ、もしかして友美さんからの誘いが昨日か明日指定だったのって」

「もちろん俺が指定したが？」

「弱み握って脅した、んだっけ」

「人聞きの悪い。ちょっと協力願っただけだ。――でも、まあいい誕生日をしてもらったな」

時代劇に出てくる悪徳代官みたいな笑い方をしたかと思うと、浅見は無造作に晴弥の頭を撫でてきた。

最後のたった一言が、けれどずんと胸に来た。うん、と小さく頷くと、今度は手の甲を叩かれる。それだけで、じんわりと嬉しくなった。

「あ、のさ。今思い出したんだけど、友美さんが浅見の海外転勤がどうとかって」

「おまえこそ、ミラノ行きはどうするんだ？」

「……今んとこ、いいかな。いつか行ってはみたい気もするけど、大学で友達もできたばっかりだし。あと、」

浅見もいるし、と続けようとして急に気恥かしくなる。なのに、浅見はそういう時だけは けして逃さない。

「あと？　他に何の理由があるんだ？」

「り、ゆうって……ええと、その。ミラノ、には浅見はいない、じゃん……？」

下手に隠してもどうせ言わされると、わざとそっぽ向いて口にした。窓の外を見たままで、晴弥は仕返しとばかりに追及する。

「そんで、浅見は？　転勤、するんだ？」

「しねえよ。ただの気の迷いだ、とっとと忘れろ」

「えー……ナニそれ狡い」

むくれて顔を向けてみても、浅見は平然と前を見たままだ。もう話は終わったとばかりに、別の話題を振ってきた。

「夕食は？　この際、外食でも構わねえが」

「さっきご馳走食べたばっかりだし、今はいい。それより浅見のフレンチトーストが食べたい、かも」

「わかった。腹が減ったらすぐ言えよ」

我が儘かもと遠慮がちに言ったのに当然みたいに了承されて、勝手に頬が緩む。車の中ではずっとその調子で、あっという間にマンションの駐車場に着いた。

「ただーいま……」

浅見に返すことなく手元にある合鍵で中に入ると、思いがけないくらいずっしりと「帰ってきた」実感に襲われた。玄関先で突っ立って懐かしさに浸っていると、背後からもっと中へと押し込まれる。

「あ、ごめん。おれ邪魔してた……？」

「晴弥」

少し色の違う声がしたと思った直後、強い腕に腰を抱かれ軽く肩を押された。ドアが閉じる音を聞いた時にはもう、晴弥は玄関横の壁に押しつけられて深いキスに溺《おぼ》れている。

「ん、……ぅ、ン――ぁ、……」

触れて啄むだけだった昨夜のとはまるで違う、食らいつくようなキスだ。歯列を割った体温に上顎を嘗められ、歯列の際をなぞられる。無意識に逃げていた舌先を追われ、強引に攫《さら》われてやんわりと歯を立てられた。

かすかな痛みが、けれど瞬時に別の感覚にすり替わる。湿った水っぽい音が、耳につく。ぞわぞわと肌が粟立《あわだ》つような感覚に不快さはなく、なのにどうしようもなく身体《からだ》がざわめく。それを、晴弥はただ受け止めるしかない。

ずっと続くかと思ったキスは、けれど晴弥の膝がかくんと折れたことで唐突に終わった。ひやりとした直後に腰に回った腕に支えられて、知らず小さく息を吐く。その後で、晴弥は自分が浅見の首にしがみついていたのを知った。

「昨夜からあれだけ煽ってくれたんだ。もう十九にもなったことだし、覚悟は決めてるだろうな？」

「……か、くご……？」

耳元での低い囁きに、勝手に背すじが跳ね上がる。辛うじて問い返しながら思ったのは、「キスの直後に何を物騒な」の一言だ。

それが露骨に顔に出ていたのか、浅見があからさまに「やっぱりな」という顔をする。呆れたようなため息とともに、晴弥の額に額を合わせてきた。

「昨夜、俺とおまえは恋人同士になったはずだが。――自覚はあるか?」

「えー……ああ、うん。えっと、そっか、そういうことになる、んだよ、ね」

瞬間的に意外に思ったのを見透かしたのか、至近距離の浅見の目がほんのわずか鋭くなる。それでも一応合格点を貰えたらしく、鼻の頭を摘まれただけですんだ。

「次。昨夜、俺の寝込みを襲いに来た自覚は?」

「……はい? ちょ、あれはだって、ここにいる時はいっつも一緒に寝てたし」

「最後だ。数時間前に恋人になった相手の上に乗っかって、自分からキスしてきたよな?」

「う、あ、だっ、て……その、夢だったら困るな、って」

見下ろすのが面白かった云々は、まずい気がするので封印する。それ以外を素直に白状すると、浅見はまたしても長いため息をついた。

「おまえも十九になったわけだ。自分のやらかしには自分で責任を取らないとな?」

そう言う浅見の顔は、世界征服を企んでいる悪役にしか見えない。そして、いくら晴弥でもそこまで言われれば意味くらいわかる。

「ええ、と……えっちぃこと、するって意味……？」

「……おいコラ待て。おまえ、今何考えた？　そもそも知識あんのか」

「え、だってあの寮にいると周りにごっそり——見たくなくても見せられる、っていうか。正直、何が面白いんだろうと思ってた、けど」

微妙な間合いの後で、妙に真面目に突っ込まれる。なので素直に答えてみたら、かえって浅見の目が怖くなった。

「でもえっと、その……あ、さみとする、んだったらいい、かなー……っと」

「俺か。ショウじゃなく？」

「だから、そういうのに興味なかったんだってば。ショウ兄としたいとか、一度も思ったことないし……って、あれ。何でだろ」

恋人になりたいと望む気持ちは、確かにあったはずだ。なのにとつい首を傾げていたら、またしても額に額をぶつけられた——今度は痛い音がして、実際に痛かった。

「ちょ、何す……」

「で？　何で、俺とだといいわけだ」

「え、だってその、浅見のキス、気持ちよかったし。くっついてると安心するし、だから大丈夫かなって」

思った通りに答えたら、浅見はまたしても長い息をついた。

「……また、狙ったように盛大に煽るよなあ」

「えっ、どこが……っん、――」

今までになく性急に顎を掴まれ、言葉ごと呼吸を奪われる。近い距離でぶつかった浅見の目にいつもとはまるで違う色を見つけて、身体の奥がぞくりと脈打つのを知った。


十八禁とはつまり、「成人指定」を言うのだそうだ。正確に言えば十八歳「未満」禁止で、つまり十八歳から解禁となる。

でもしかし、世間一般での成人は二十歳なんじゃないのか――という晴弥の意見は、鼻で笑って流された。そして今、荷物扱いで寝室のベッドに転がされたあげく真上から見下ろされている。

「当初はそのつもりだったが、どっかの誰かが人を煽りまくったあげく自分から据え膳に乗ってきたんでね」

「す、えぜんとかおれ知らないってばっ」

意味がわかったせいか、とんでもなく恥ずかしくなってきた。見下ろす視線の強さに負けて、晴弥はふいと横を向く。と、長い指に顎を取られて吐息を奪われた。寸前に笑う声がしたのは、この際聞かなかったことにする。

「ン、……っ――」

昨夜から数えて何度目とも知れないキスは、どことなくむず痒《がゆ》い感じがする。今まで知らなかった感覚はけして厭なものではなくて、むしろ――。

「……――う、ん」

軽く啄んで歯列を割ったキスに舌を搦《から》め捕《と》られ、付け根が痛いほど吸われる。ついでのように舌先で頬の内側を探られ、唇の端を齧られて、小さな痛みに揺れた背中をやんわりと撫でられた。心地よさにぼうっとしている間に今度は耳朶《じだ》に歯を立てられ、無意識に逃げかけた腰を引き戻される。

耳の奥で、水っぽい音がする。擽ったさに全身を竦めている間に、浅見の唇は耳の付け根へ、顎から喉へと落ちていく。

執拗なキスのせいか、知らない感覚が肌から滲む。内側に熱が籠《こ》もるような、それでいてそこかしこの肌がうずうずするような錯覚に身動《みじろ》いでいると、またしても耳朶に食いつかれた。とたん、自分でも驚くような声が出る。

「――っぁ、ン……ね、あ、さみ、――何、でそこ、ばっか」

「んー?」

「お、んなじとこばっか、やめ、てよ。嘗め、たって味なんか、しない、し」

さっきは擽ったいだけだったそこに、何かのスイッチが嵌まったようなのだ。同じところにキスされるたび、喉から音みたいな声が出る。ざわめく感覚は鳥肌に似て、けれど明らかに違うと知れた。

「それが意外とそうでもない。まあ、ガキにはわからねえだろうけどな？」

「何それおれにはわかんないって意味？　ちょっと待って確かめるからっ」

顔を上げた浅見に軽い口調で言われて、むっとした。おもむろに首を起こして、晴弥は今の今までしがみついていた男の肌を嘗めてみる。首すじでは味がしなくて、だったらと喉とか鎖骨とか、仕返しに耳朶も齧ってやった、のに。

「ナニ見てんの……？」

「いや、可愛いもんだなあと」

「――っ、おれ初心者だから！　ヒャクセンレンマと同じとかはすぐ無理だから、でも絶対どっかで追いつくからっ」

「誰が百戦錬磨だ。それ以前に、何で勝負になってんだよ」

こっちは真面目に言っているのに、浅見はいつもの五割増しで笑っている。むっとして、それならと動こうとしたら上から簡単に押さえつけられた。

「コラ、どこ行く気だよ」

「逃げないってば！　そうじゃなくて、おれが浅見の上に乗っかれば」

「はいはい、それはまた今度な？」

軽い笑いとともに、キスで呼吸を奪われる。そんな誤魔化しは狡いと思っていたのに、あっという間に思考はぐずぐずになった。気がついたら浅見のキスは肩から胸元に落ちるところで、晴弥はキスだけでなく指で触れられるだけでも肌が跳ねる箇所があるのを知る。

「ね、……そこ、おれ、おんなのこじゃない、よ……？」

いつの間にかはだけられていたシャツの合間、胸元のそこだけ色を変えた箇所を指でなぞられる。そこが芯を持って尖ってきたのに驚いていると、額が触れる距離にいた浅見がやけに楽しそうに笑った。

「知らねえのか。ここは男も女も関係ねえんだよ」

「えー……――ん、ちょ」

感心した傍からその場所を指で押し潰されて、自分でも信じられないような声が出た。慌てて自分の手で口に蓋をした晴弥をよそに、浅見はそこに顔を寄せる。何をと思うまでに、含むみたいなキスをされた。とたんに走った痺《しび》れにも似た感覚に、晴弥は出そうになった声を噛みしめる。

「おいコラ隠すな、堪《こら》えるな。出るもんは全部出せ」

「う、――や、あ、さみっ」

力尽くで外された手を、戒めるみたいにシーツの上に張り付けられる。上から不機嫌そうに見下ろされて、晴弥は負けじと睨みかえす。

「だ、……だって今、変な、声……」

「ここにいるのは俺とおまえだけだ。他に誰も見たり聞いたりしやしねえ。――わかるな?」

長い指先で、唇の上を辿られる。それもそうかと頷くと、「いい子だ」と頬を撫でられた。子ども扱いに眉を顰《ひそ》めた晴弥を楽しそうに見下ろして、浅見はまたしても胸元にキスを落とす。左右の尖りを指と唇とで翻弄《ほんろう》されて、そのたび滲むように知らない感覚が強くなった。勝手にこぼれていく声にはあからさまな色があって、そのせいか宙に浮いたように思考がまとまらなくなっていく。

着ていたはずのシャツは、いつの間にかどこかに消えていた。穿《は》いていたチノパンと下着は、たぶん右足首のあたりに引っかかっていると思う。その右足は今、中途半端に宙に浮いて、時々ゆらゆら揺れているのがわかる。

「……ひ、――う、ンっ」

喉からこぼれる声は、ほとんど悲鳴みたいだ。ついさっきまで熱いだけだった身体の内側にはヒリつくような痺れにも似た感覚が居座っていて、渦を巻く流れを作っている。

――とんでもないことに、なっている。

曖昧になった思考の中、何度めかにそう思う。

下半身に、熱が溜《た》まっている。晴弥自身も知っているはずで、同時に未知のものでもある熱だ。噴火寸前の火山のマグマみたいに底からせり上がっていて、なのにまだ脱出できない。

——脱出させて、もらえない。

「や、——だっ、……も」

今の今までシーツに押しつけていた頭を、どうにかもたげて訴える。それとほぼ同時に、無造作に脚を持ち替えられた。内股の肌にさらりとした髪が当たるのを剝き出しの神経に触れられたように感じて、喉の奥から悲鳴が上がる。浅見のあの髪は母親譲りだと、昨夜本人から聞いたのを頭のすみで思い出しながら、もう一度同じことが頭に浮かんだ。

とんでもないことに——ありえないことに、なっている。

身体の中で一番過敏なあの場所を、誰かに触られるなんて予想もしていなかった。必死で背けた顔を「見たい」の一言で引き戻され、まじまじと見られたあげくにキスされて、結局自分からしがみつくとか、思い出しただけで穴を掘って埋まりそうだ。

でも、そこまではまだ「アリ」のはずなのだ。寮では「恋人未満」とかいう組み合わせもいて、お互いの手で何かするとか聞いたことがある。だから大丈夫、のはず。

なのにまだ、ずっと先があるとか。

「あ、さみ……っ」

伸ばした指先を、ずっと下にある浅見の髪の毛に絡める。とたん、それが合図だったみたいに過敏になった箇所をねとりと嘗め上げられた。ぞわ、と走った悦楽は晴弥が知るそれとは比較にならないほど濃く粘っていて、声すら出ずに背すじだけが浮かぶ。直後、今まで他人には触れさせたことのなかった箇所を指先でやんわりと探られて、慣れない圧迫感に擦《かす》れた悲鳴がこぼれていく。

強すぎる悦楽と紙一重の苦痛が、幾重にも重なってどろりと流れを作る。それが呼び水になったように、肌のそこかしこから押しよせる熱が渦を巻き、やがて大きなうねりとなって、晴弥の意識を攫っていく。

お願いだからと、懇願する声がする。嗚咽《おえつ》交じりの音のような訴えは晴弥自身が発したはずで、なのに映画でも見ているように遠い。

……知識だけなら、それなりにある。寮にいた頃、遠目に現場を見たことだってある。ちゃんと馴らさないと大怪我をすると真顔で教えてくれたのは、浅見を「おにいさんの親友さん」と呼んだ先輩だ。そういえば、晴弥はあの人の名前もいつ卒業したのかも知らない。

そうなのかと理解しながら、けれどどこか他人事だった。それでも、みんながすることなら大したことはないんだろうと考えていた、のに。

「う、……ぇっ」

こんなに恥ずかしいなんて、聞いていない。よりにもよってこんなことを浅見にされていると思うだけで思考回路が焼き切れそうで、なのにどこかでほっとして嬉しがっている。浅見が相手なら怖くないと、恥ずかしくてもいいと思っている。

こんなのは変で、矛盾している。そう思うのに、同時に「そうなんだ」と納得する。これが「好き」ということなんだと理解している。

今、晴弥の中にある気持ちが「好き」だとしたら、正治へのそれとはまるで違う。正治が相手だったらきっと、何年経ってもこんなふうには思わない。

浅見だけだ。浅見だから恥ずかしくても怖くても、あり得なくても嬉しい。逃げたい気持ちは嘘じゃないのに、どうしても逃げたくない。そんな自分に違和感も異様さも感じていて、肌のそこかしこがぴりぴりと緊張していて——なのに、それを心地いいと感じている。知らない感覚はもつれてこんがらがる毛糸の束みたいで、自分がどの色を辿っていたのかわからなくなっていく。

「——、……ぅ、あ、さみ——」

溺れるまま必死で呼んだ後で、完全に泣き声だと気がついた。脚のあたりで笑う気配にむっとする余裕もなくもう一度呼ぶと、ベッドが軋んで人が動くのがわかる。

「だいぶきつい、か。少し休憩するか?」

近く覗き込んできた浅見を目にするなり、首を横に振っていた。なのに眦からこぼれた涙はどうしようもなくて、晴弥は指先でそれを拭ってくれた浅見の首にしがみつく。

「せ、きにん、じぶんでとれって、いった……っ」

「おまえそれ、自分で言うか?」

呆れ交じりの声とともに、ベッドとの隙間に滑り込んできた手に背中を撫でられた。よく知る体温にくるまれて、晴弥はようやく全身の力を抜く。

鳴らした鼻の頭を齧られて、深いキスをされる。重い腕を伸ばして首にしがみついて、けれど先ほどまでさんざん弄られていた腰の奥を探られる感触に無意識に呼吸が止まった。宥めるように今度は熱を含んで形を変えた箇所をあやされて、晴弥は小さく息を吐く。

「痛むか？」

「ちが、……く、るし……？　変、な感、じ？」

鼻先をすり寄せるようにして、浅見が言う。やっとのことで返した声は音というよりほとんど吐息で、そのせいか浅見は気遣うように眉を寄せた。

「どっちだ……って両方か。まだ先があるが、大丈夫か？」

「へ、いき。ちゃんと、できる」

「いい子だ。でもどうしても無理なら言えよ。無理に我慢させたいわけじゃねえんだ」

「う、ん」

言葉よりも目の前で動く唇の方が気になって、晴弥は自分から顎を上げる。軽く触れるだけのキスを仕掛けたら、苦笑した浅見は眦へのキスをくれた。その後でまたしても深いキスをされる。

絡んでくる体温は、深い分だけゆったりと優しい。それに溺れる間にも腰の奥や脚の間を刺激されて、もつれて入り混じった感覚に何が何だかわからなくなっていく。耳につく声には、正気だったら耐えられないような色がついていた。思考はもうほとんど動いていなくて、ただ浅見の体温と匂いだけを追いかけている。

どこかの時点で、何かを聞かれたと思う。わけがわからないまま頷いたら、少しひそめたような、いつもとは違う声で楽にするように言われた気がする。間を置かず身体の奥に起きたそれまで以上の圧迫感に、悲鳴みたいな声が出たのも、覚えている。浅くなった呼吸に必死で浅見にしがみついた、のも。

「晴弥」

気遣うような声に名前を呼ばれてどうにか瞼を押し上げたら、ひどく心配そうな浅見と目が合った。珍しい、いいものを見たと思ったとたんにへにゃりと頬が緩んだから、きっとみっともない顔になっていたはずだ。

「おまえ、ね……ここで笑うか？」

「わ、らって、な――ン、……っ」

呆れ声の浅見がわずかに動いて、それが何倍もの大きさで伝わってくる。思わず声を呑んでぎゅうぎゅうに抱きついたら、宥めるように頬を撫でられ耳元にキスをされた。優しいその感触が嬉しくて、晴弥は浅見に頬を寄せてみる。

「やっぱり猫だな、おまえ」

「……っん、草、あつかい、よりいい、かも……？」

「結構根に持つよな。……きついんじゃねえのか？」

苦笑交じりに眦にキスをされて、また自分が涙をこぼしていたのを知った。返事の代わりに浅見の首に顔を押し付けると、「もう少し、ごめんな」と優しい声がする。

ずいぶん長くそうされていた気がするけれど、実際はさほどでもなかったのかもしれない。押し入るような圧迫感がわずかに薄れてきた頃に、耳元で浅見が息を吐くのが聞こえた。

手の中にあったくせのある髪をそっと撫でたら、もう一度「晴弥」と名前を呼ばれた。小さく頷いた晴弥を見る浅見の目にはいつもと違う色があって、それと気付いたとたんに身体の芯がぞくりとする。額から頬に落ちたキスにそれでは足りないと思ったとたん、勝手に言葉が口から出ていた。

「あ、のさ。おれ、やっぱり浅見が特別で、浅見だけすき、だから」

「──だからおまえね、この期に及んで」

「え、だって……っぁ」

素直に言っただけなのにと、思ったとたんに浅見が動いた。

いきなりの衝撃に喉の奥で声を上げた唇を、食らいつくみたいなキスで塞がれる。晴弥を抱き込んだ腕は強くなって、ほんのわずかも自分では動けなくなった。

「っ……ぁ、──や、っ」

身体の奥の、繋がった部分を揺らされる。そのたび起きる圧迫感に無意識に顔を顰めなが

ら、鈍い痛みとは別の混沌とした感覚に身を竦ませていた。

「――ン、……っぅ」

唇が奪われているせいで、渦巻く熱が内側でこもる。声にならない喉声が、けれどかえって耳につく。身体の奥深くを暴かれるたび、知らない感覚がよく知っているものに――鳥肌が立つような悦楽へとすり替わっていく。

晴弥、と呼ばれてどうにか瞼を押し上げて、けれど口から出るのは音に近い呼吸音だけだ。激しさを増した動きに置いていかれて、必死でしがみついていたはずの腕がシーツに落ちていく。拾われたその指を搦めるように繋がれて、晴弥は必死で目を見開く。

「あ、さみ……」

辛うじて呼んだ名前が聞こえたのか、喉から耳朶のあたりにキスしていた浅見が顔を上げる。口寂しいと急に思って、キスが欲しくて必死で訴えたら、苦笑交じりに応えてくれる。それが嬉しくて、勝手に視界が滲んでいく。

ついさっき、晴弥が口にしたのと同じ言葉を聞いたと思ったのは錯覚か、それとも本当だったのか。初めての感覚に押し流されるように、晴弥は意識を手放した。

■　■

翌日は、朝というよりほぼ昼近くにようやく起き出した。

ここまでの寝坊は、晴弥としては初めてだ。おまけに寝室から浴室、浴室からリビングの移動は荷物運び状態で、リビングのソファに落ち着いた今も背凭れと隣に座る恋人――浅見にぐったり寄りかかる形で、ぽそぽそとブランチを摂っている。

「そんで？　実際のところ、あの絵はいつ仕上がるんだ」

フレンチトーストの最後のひとかけに刺したフォークを止めて、晴弥は傍らの恋人を見上げた。

「あの、絵……？　し、あがるって」

言いかけたとたんに発作的な咳に襲われて、持っていたプレートが盛大に揺れる。気付いた浅見に取り上げられるのに任せて、晴弥は口元を押さえた。連続する咳に顔を顰めていると、大きな手のひらに背中を撫でられる。

「大丈夫か。風邪、じゃねえよな？」

「へ、いき……喉、痛いだけ、で」

付け加えれば、原因は十中八九目の前の男だ。実を言えば喉だけでなく、そこかしこの関節も痛い。たぶん筋肉痛らしいものもあるし、間違っても他人様には言えないところも微妙だったりする。

とはいえ、寝起き早々に浴室に連れ込まれ丸洗いされたので、経緯はどうあれ全身さっぱりしたという意味で気分は悪くない。

短く息を吐いたところで差し出されたフレンチトーストの皿を、受け取ろうとしたら拒否された。フォークを取るのは許してくれたから、つまりこのまま食べろということらしい。

「向こうのアトリエにあった絵だ。アレが仕上がらないとこっちに戻れねえんだろ？」

「あ、……うん。その、実は、さ。誕生会の時に篠山のおじいさんと、あれとは別にもう一枚仕上げるって話になって」

「……はあ？　おい待て、もう一枚仕上げるはいいが、まさか」

「やっぱり経過が見たいから、離れで作業してほしいって……アトリエとして出入りするには遠いから、それまでは今まで通りあそこで暮らすようにって言われて」

話す間にもずんずんと、加速をつける勢いで浅見の機嫌が急降下していく。秋口とはいえ窓を開けてちょうどいい季節なのに、妙に寒気がするのはどうしてか。

「どういうことだ、そりゃ。話が違いすぎねえか？」

不機嫌丸出しで言うくせ、すぐ隣に座った浅見の手はさっきから晴弥の髪を梳《す》くのをやめない。悪戯《いたずら》するように時折耳朶や頬、こめかみや眦を撫でていく。

フレンチトーストの最後の一口を咀嚼《そしゃく》しながら、心地よさについ目を細めているあたり自分も大概だ。満足して飲み込んだ後で、慎重に言葉を選んだ。

「それはその、不可抗力っていうか……浅見も、向こうのアトリエで見たよね？　描きかけの月下美人」

「ああ、あれな。提案なんだが、親父に預けるのはやめてうちに飾らないか」

「え」

思いがけない提案に、晴弥はまじまじと浅見を見た。それが露骨すぎたのか、持っていたローテーブルに皿を置いた浅見は珍しくばつの悪い顔で、今度は晴弥のカップを手に取った。

「何か気に入ったんだよ。けど、人目につくとこには置きたくねえんだよなあ……こっちのアトリエか寝室ならどうかと思うんだが」

「えっとその、あの絵って、実は篠山のおじいさんの援助への対価っていうか、お世話になるって決まった時におれの方から貰ってくださいって言っちゃってて——その、まだ描き始める前だったんだけど」

言い訳してみても、浅見の顔には「気に入らない」と書かれたままだ。それを嬉しく感じる自分に呆れながら、晴弥は差し出されたカップを受け取った。

「けど、描いてみたらおれにも特別になっちゃって……だから昨日、謝ってお願いしたんだ。あれは渡せないけど、代わりにもう一枚描きますって。そしたら、それでいいからうちで描いてねって言われ、て」

言い終えたとたん、盛大なため息をつかれてしまった。

「だ、ってしょうがないじゃん……？　おれだって、あの絵があんなに大事になるとは思ってなかった、し」

「大事、ね。おまえにしては珍しいな」

意外そうに言われて、晴弥は小さく頷く。手の中のカップを口に運ぶと、コーヒーのいい香りがした。

今までの晴弥にとって描き上げた絵は「終わったもの」であって、まるで興味がなかった。だからこそ浅見の父親に預けて、処分されて構わないとすら思っていたのだ。

でも、あの月下美人は違う。

軽く身を乗り出して、カップをローテーブルに戻す。すかさず腰に回った腕に凭れて、傍らの恋人を見上げた。

「あの絵。……浅見のこと考えて、描いたんだよ」

「そう、なのか？　そういや、昨日の礼と詫びのやつも同じ花だったよな」

「本当は、アトリエにあるやつを渡したかったんだ。けど、未完成だったし嫌われてると思ってたから、ゴミにしかならないと思って」

その時点で、あの絵を手放さずにすむ方法として「もう一枚」を考えてはいたのだ。

別の色が見え始めた以上、月下美人を仕上げるには思っていたより時間がかかる。そこにもう一枚となると、年内に仕上げるのはかなり厳しい。

それは厭だと、言い張るのは簡単だ。新しく一枚描くのでなく、過去に描いた中から好きなだけ選んでもらうことだって考えた。けれど、それは違うんじゃないかと自分で思ってしまったのだ。

……あの月下美人だって、今の待遇に釣り合うとは思っていない。老夫妻が望んでくれたからこその交換条件でしかなく、それを別の絵に変えてもらう時点であり得ない譲歩をしてもらっている。

何より、あの人たちは「経過を見ること」を望んだのだ。毎日アトリエに足を運んで、少しずつ筆が入るのを楽しみに眺めてくれた。それが励みになったのも確かで、だったらこれ以上の我が儘は言えない——言いたくもない。

「どうしてもって浅見が言うなら、月下美人を仕上げて渡す。月下美人を手元に置くなら、もう一枚をあっちのアトリエで描く。……どっちかしか、おれには無理」

そう言ってみても、浅見の顔は微妙なままだ。その気持ちだって、わからないわけじゃない。だってそれは、いきなりいなくなった晴弥を迎えに来てくれたこの男には関係のないことでしかない。

「——……もう一枚、描き上がれば終わるんだな？」

頬を撫でる指からぱっと顔を上げて、晴弥は傍らの男を見上げた。やっぱり渋い顔のままで今度は鼻の頭を摘まれて、晴弥はかくかくと何度も頷く。

「それ以上の延長はナシだぞ。それと、週末は必ずここで過ごすこと。約束できるか？」

「う、んっ……！」

考える前に、浅見に抱きついていた。少し驚いたような「おい」の後でやんわりと抱き込まれて、晴弥はぐりぐりと頭を広い胸元に擦り付ける。

「あ、りがとう！　大丈夫、ちゃんと守るからっ」

「しょうがねえなあ……本当にわかってんのかよ」

呆れた声とともに、ぐしゃぐしゃと頭を撫でられる。お返しとばかりに身を乗り出し浅見の頭を撫でてやったら、「おいコラ」との声と同時に膝の上に抱き取られてしまった。

構わずくせのある髪をかき回し続けていると、名を呼ぶ声とともに首の後ろを摑まれる。あれ、と思う間もなく呼吸を奪われて、晴弥は素直に受け入れた。

浅見のキスは、気持ちいいから好きだ。唇で遊ばれると擽ったいし、嘗められるとぞくぞくする。歯列を割って入ってきた体温に、舌先だけでなく感覚全部を翻弄されるのも厭じゃない。

ただ、キスしながら見つめられるととても落ち着かなくなる、けれども。

「――知らない間に保護者が増えてんのはどういうわけだ。親父に邪魔されるだけで十分だってのに、何がどうなってご老人だの友達だの」

「や、そんなん言われてもおれ知らないし」

ため息交じりのぼやきとともに、浅見が晴弥の肩に顔を埋める。それへぽそりと返しながら、晴弥はもう一度くせのある髪を指に絡めてみた。浅見の頭を抱え込んで、思ったことを素直に口にする。

「でも、さ。おれが一番好きなのは——特別なのは、浅見だけだよ」

あとがき

おつきあいくださり、ありがとうございます。ここ最近、一か月を半分以下の日数のように感じるようになった椎崎夕です。

そういえば、いつだったか「時間の経過の感じ方は年齢によって変化する」と聞いた覚えがあったようなと、記憶を掘り返している昨今です。

今回の主人公は、ジェット花火です。

個人的理由にて「集中力が半端ない」とか、「狙いを定めたらまっしぐら」な人と知り合う機会が多かったもので……いや、それがこの原稿に直接反映されているわけではないのですが。

プロット作成中は、むしろ「大事なものは人それぞれで違って当たり前だよなあ」とか「だったら欲しいものも人それぞれか」とか、考えていたような気がします。

まずは、挿絵をくださった麻々原絵里依さまに。ラフ拝見して「うわ凄い頭の中見られた」と思ったほどでした。素敵な挿絵をありがとうございます。心より感謝申し上げます。

そして、今回もお世話になりました担当さまにも、心から御礼申し上げます。いつもありがとうございます。

末尾になりますが、この本を手に取ってくださった方々に。ありがとうございました。少しでも楽しんでいただければ幸いです。

椎崎夕

✦初出　だってそんなの知らない……………書き下ろし

椎崎 夕先生、麻々原絵里依先生へのお便り、本作品に関するご意見、ご感想などは
〒151-0051 東京都渋谷区千駄ヶ谷 4-9-7
幻冬舎コミックス　ルチル文庫「だってそんなの知らない」係まで。

幻冬舎ルチル文庫

だってそんなの知らない

2020年8月20日　第1刷発行

✦著者	椎崎 夕　しいざき ゆう
✦発行人	石原正康
✦発行元	株式会社 幻冬舎コミックス 〒151-0051 東京都渋谷区千駄ヶ谷 4-9-7 電話 03(5411)6431[編集]
✦発売元	株式会社 幻冬舎 〒151-0051 東京都渋谷区千駄ヶ谷 4-9-7 電話 03(5411)6222[営業] 振替 00120-8-767643
✦印刷・製本所	中央精版印刷株式会社

✦検印廃止

ISBN978-4-344-84705-7　C0193　Printed in Japan